二時間目

国語

監修　小川義男

はじめに

人間は話すときばかりでなく、考えるときにも言葉を用いる。だから、言葉がやせ細れば、思想そのものもやせ細っていく。若者に限らず、国民全体のものの考え方が貧しくなってきているように感じられるのは、戦後、人々があまり本を読まなくなってきたからではないだろうか。その原因はさまざま考えられるが、最大の原因は、戦後の学校教育が、音読を軽視するようになった事にあると私は考えている。

戦前、戦中の小学校では、所々方々の教室から、国語教科書を斉唱する声が美しく響いてきたものであった。今の小学校は、いつも不気味に静まりかえっている。「読み言葉」は、その語彙が「話し言葉」に比べて桁違いに多い。読んだだけの言葉は、いつとはなく忘れ去られてしまうが、朗々と音読し、音読が習慣化されるようになれば、「読み言葉」は「話し言葉」のように肉体化される。昔の人々が、「読書百遍、意自ずから通ず」との信念のもとに、論語の素読などを繰り返し、これを通じて指導層の言語能力を高めた秘密は、このあたりに隠されているのではないだろうか。

さて、本書では、時代を越えた小学・中学・高校の国語教科書の中から、かつての子供たちに愛された名作を選んでみた。本書に接して昔を偲ばれる方もいれば、こんな文章も教科書に収録されていたのかと、感銘を覚える方もいるだろう。また、幼い頃には気付かなかった作品の良さに、大人になった今、改めて気が付く方もいるかもしれない。いずれにせよ、珠玉の名作揃いである。私なりの解説も付した。多くの皆様が本書を通じて名作に触れ、感銘を新たにして下さることを切望する次第である。

平成十五年十二月
狭山ヶ丘高等学校
校長　小川義男

目次

●はじめに——2

朝《あさ》のリレー　谷川俊太郎《たにかわしゅんたろう》……8
「この地球では　いつもどこかで朝がはじまっている」

スーホの白《しろ》い馬《うま》　大塚勇三《おおつかゆうぞう》（再話）……11
「スーホは、じぶんのすぐわきに、白馬がいるような　気がしました」

トロッコ　芥川龍之介《あくたがわりゅうのすけ》……20
「良平はしばらく無我夢中に線路の側を走り続けた」

スイミー　レオ＝レオニ（作・絵）　谷川俊太郎《たにかわしゅんたろう》（訳）……30
「スイミーは　およいだ、くらい　海の　そこを」

春《はる》の歌《うた》　草野心平《くさのしんぺい》……34
「ケルルン　クック。　ケルルン　クック。」

注文《ちゅうもん》の多《おお》い料理《りょうり》店《てん》
「当軒は注文の多い料理店ですからどうかそこはご承知下さい」
宮沢賢治《みやざわけんじ》……37

かわいそうなぞう
「ぐったりとした体を背中でもたれあって、芸当を始めたのです」
土家由岐雄《つちやゆきお》……50

高瀬舟《たかせぶね》
「わたくしはとうとう、これは弟の言った通にして遣らなくてはならないと思いました」
森《もり》　鷗外《おうがい》……57

永訣《えいけつ》の朝《あさ》
「けふのうちに　とほくへいつてしまふわたくしのいもうとよ」
宮沢賢治《みやざわけんじ》……70

おみやげ
「フロル星人たちは、その作業にとりかかった」
星《ほし》　新一《しんいち》……76

レモン哀歌《あいか》
「その数滴の天のものなるレモンの汁は　ぱっとあなたの意識を正常にした」
高村光太郎《たかむらこうたろう》……80

汚れっちまった悲《かな》しみに…… 中原中也《なかはらちゅうや》 132
「汚れっちまった悲しみに　今日も小雪の降りかかる」

ごん狐《ぎつね》 新美南吉《にいみなんきち》 135
「そのあくる日もごんは、栗をもって、兵十の家へ出かけました」

こころ 夏目漱石《なつめそうせき》 148
「私はそうした態度で、狼のごとき心を罪のない羊に向けたのです」

生《い》きる 谷川俊太郎《たにかわしゅんたろう》 174
「生きているということ　いま生きているということ」

付録・国定教科書の名作 179

●なつかしのこくご問題　解答 184
●あとがき 188
●出典一覧 190

なつかしの
こくご問題

かつて、授業やテストで解いたことがあるようなこくごの問題です。作品の最後にあり、全20問・100点満点です。大人になった今、どのくらい解けますか？

中学校

朝のリレー

谷川俊太郎

カムチャッカ[1]の若者が
きりんの夢を見ているとき
メキシコの娘は
朝もやの中でバスを待っている
ニューヨークの少女が
ほほえみながら寝がえりをうつとき
ローマの少年は
柱頭を染める朝陽にウインクする

この地球では
いつもどこかで朝がはじまっている

ぼくらは朝をリレーするのだ
経度から経度へと
そうしていわば交替で地球を守る
眠る前のひとときを耳をすますと
どこか遠くで目覚時計のベルが鳴ってる
それはあなたの送った朝を
誰かがしっかりと受けとめた証拠なのだ

【注釈】⑴カムチャッカ―ロシア連邦の東端にある、カムチャッカ半島

谷川俊太郎（たにかわ しゅんたろう）

一九三一年（昭和六）、東京生まれ。一九五二年（昭和二七）、処女詩集『二十億光年の孤独』を刊行し注目を集める。以来、詩作を中心に、ラジオドラマ、戯曲、映画脚本、翻訳など、幅広い活動を続けている。主な作品に、読売文学賞を受賞した『日々の地図』、『ことばあそびうた』、日本翻訳文化賞を受賞した訳詩集『マザーグースのうた』など多数。

人々が気軽に外国に行くようになり、時差の存在が体で感じられるようになった。こちらが昼であるとき、他の国では夜である。こちらが冬の時に、他の国では夏である。そんな当たり前の事が実感できるようになって、人々は地球そのものの大きさをも体で感じ取れるようになった。谷川俊太郎は、この当たり前の事実を、各地に生きる若者の姿に託し、その中から、人種、民族を超えたヒューマニズムの大切さを訴えようとしている。

本書の最後を飾る作品、174ページの「生きる」にあるように、「どこかで産声があがり、どこかで兵士が傷ついている」この地球だが、人々が、朝をリレーする事により、我々は「交替で地球を守」っているのだと作者は主張する。

作者の、地球とその上に生きるすべてのものに対する、底深い愛を感じ取ることができる作品だ。

小学校

スーホの白い馬

大塚勇三（再話）

中国の北のほう、モンゴルには、ひろい草原がひろがり、そこに住む人たちは、むかしから、ひつじや、牛や、馬などをかっていました。

このモンゴルに、馬頭琴《ばとうきん》という、がっきがあります。がっきのいちばん上が、馬の頭のかたちをしているので、ばとうきんというのです。けれど、どうしてこういう、がっきができたのでしょう？

それには、こんな話があるのです。

むかし、モンゴルの草原に、スーホという、まずしいひつじかいの少年がいました。

スーホは、としとったおばあさんと、ふたりきりでくらしていました。スーホは、おとなにまけないくらい、よくはたらきました。まい朝、早く起きると、スーホは、おばあさんを助けて、ごはんのしたくをします。それから、二十頭あまりのひつじをおって、ひろいひろい草原に出ていきました。

スーホは、とても歌がうまく、ほかのひつじかいたちにたのまれて、よく、歌をうたいました。スーホのうつくしいうた声は、草原をこえ、遠くまでひびいていくのでした。

ある日のことでした。日は、もう遠い山のむこうにしずみ、あたりは、ぐんぐん暗くなってくるのに、スーホが帰ってきません。

おばあさんは、心配でたまらなくなりました。近くに住むひつじかいたちも、どうしたのだろうと、さわぎはじめました。

みんなが、心配でたまらくなったころ、スーホが、なにか白いものをだきかかえて、走ってきました。

みんなが、そばにかけよってみると、それは生まれたばかりの、小さな白い馬でした。

スーホは、うれしそうにわらいながら、みんなにわけを話しました。

「帰るとちゅうで、子馬をみつけたんだ。これが、地面にたおれてもがいていたんだよ。あたりを見ても、持ち主らしい人もいないし、おかあさん馬も見えない。ほうっておいたら夜になって、おおかみにくわれてしまうかもしれない。それで、つれてきたんだよ」

日は、一日、一日と、すぎていきました。

スーホが心をこめてせわしたおかげで、子馬は、りっぱにそだちました。からだは、雪のように白く、きりっとひきしまって、だれでも、おもわずみとれるほどでした。スーホは、この馬が、かわいくてたまりませんでした。

あるばんのこと、ねむっていたスーホは、はっとめをさましました。けたたましい馬のなき声と、ひつじのさわぎが聞こえます。スーホは、はねおきると外にとび出し、ひつじのかこいのそばにかけつけました。

みると、大きなおおかみが、ひつじにとびかかろうとしています。そして、小さな白馬が、おおかみの前にたちふさがって、ひっしにふせいでいました。

スーホは、おおかみをおいはらって、白馬《しろうま》のそばにかけよりました。白馬は、からだじゅう、あせでびっしょりぬれていました。ずいぶん長い間、ひとりで、おおかみとたたかっていたのでしょう。

スーホは、あせだらけになった白馬のからだをなでながら、きょうだいにいうように話しかけました。

「よくやってくれたね、白馬。ほんとうにありがとう」

月日は、とぶようにすぎていきました。

ある年の春、草原いったいに、しらせがつたわってきました。このあたりを、おさめているとのさまが、町でけいばの大会を、ひらくというのです。そして、一とうになった者は、とのさまのむすめと、けっこんさせるというのでした。

このしらせを聞くと、なかまのひつじかいたちは、スーホにすすめました。

「ぜひ、白馬に乗って、けいばに出てごらん」

そこでスーホは、大すきな白馬にまたがり、ひろびろとした草原をこえて、けいばのひらかれている町へと、むかいました。

けいばの場所には、見物の人たちがおおぜい集まっていました。台の上には、とのさまが、どっかりとこしをおろしていました。

けいばが、はじまりました。国じゅうから集まった、たくましいわかものたちは、いっせいにかわのむちをふりました。

馬は、とぶようにかけます。でも、先頭を走っていくのは……白馬です。

スーホの乗った、白馬です。

「白い馬が一とうだぞ。白い馬の乗り手をつれてまいれ！」

とのさまは、さけびました。

ところが、つれてきたわかものを見ると、びんぼうな、ひつじかいではありませんか。そこで、とのさまは、むすめのむこにする、やくそくなどは、しらんふりしていいました。

「おまえには、ぎんかを三まいくれてやる。その白い馬をここにおいて、さっさと帰れ！」

スーホは、かっとなって、むちゅうでいいかえしました。

「わたしは、けいばにきたのです。馬を、売りにきたのではありません」

「なんだと！　いやしいひつじかいのくせに、このわしにさからうのか。ものども、こいつをうちのめせ！」

とのさまがどなりたてると、けらいたちがいっせいに、スーホにとびかかりました。

スーホは、おおぜいになぐられ、けとばされて、気をうしなってしまいました。とのさまは、白馬をとりあげると、けらいたちをひきつれ、おおいばりで帰っていきました。

スーホは、友だちに助けられて、やっとうちまで帰りました。

スーホのからだは、きずや、あざだらけでした。おばあさんが、つきっきりでてあてをしてくれました。おかげで、なん日かたつと、きずもやっとなおってきました。それでも、白馬をとられたかなしみは、どうしても、きえませんでした。白馬はどうしているだろうと、スーホはそればかり考えていました。白馬は、どうなったのでしょう。

すばらしい馬をてにいれたとのさまは、まったくいいきもちでした。こうなると、馬をみんなに、みせびらかしたくてたまりません。そこである日のこと、とのさまは、おきゃくをたくさんよんで、さかもりをひらきました。

さて、そのさかもりのさいちゅう、とのさまは、いよいよ白馬に乗って、みんなに見せてやることにしました。

けらいたちが、白馬をひいてきました。

とのさまは、馬にまたがりました。そのときです。白馬は、おそろしいいきおいではねあがりました。とのさまは地面にころげおちました。白馬はとのさまの手から、たづなをふりはなすと、さわぎたてるみんなのあいだをぬけて、風のようにかけだしました。

とのさまは、起きあがろうともがきながら、大声でどなりちらしました。

「早く、あいつをつかまえろ！　つかまらないなら、ゆみでいころしてしまえ！」

けらいたちは、ゆみをひきしぼり、いっせいに、やをはなちました。やは、うなりをたててとびました。白馬のせには、つぎつぎに、やがささりました。それでも白馬は、走りつづけました。

そのばんのことです。スーホがねようとしていたとき、ふいに外のほうで音がしました。

「だれだ？」と、聞いてもへんじはなく、かたかた、かたかたと、ものおとがつづいています。ようすを見に出ていったおばあさんが、さけび声をあげました。

「白馬だよ！　うちの白馬だよ！」

スーホは、はねおきてかけていきました。みると、ほんとうに、白馬はそこにいました。けれど、そのからだには、やが何本もつきささり、あせがたきのように流れおちています。わかい白馬は、ひどいきずをうけながら、走って、走って、走りつづけて、大すきなスーホのところへ、帰ってきたのです。

スーホは、はをくいしばって、つらいのをこらえながら、馬にささっているやを、ぬきました。きずぐちからは、ちがふき出しました。

「白馬、ぼくの白馬。死なないでくれ！」

でも白馬は、よわりはてていました。いきは、だんだんほそくなり、目の光りもきえていきました。

つぎの日、白馬は死んでしまいました。

かなしさとくやしさで、スーホはいくばんも、ねむれませんでした。

でも、やっとあるばん、とろとろとねむりこんだとき、スーホは白馬のゆめを見ました。スーホが、なでてやると、白馬はからだをすりよせました。そして、やさしくスーホに、話しかけました。

「そんなに、かなしまないでください。それより、わたしのほねや、かわや、すじやけを使って、がっきを作ってください。そうすれば、わたしはいつまでも、あなたのそばにいられます。あなたを、なぐさめてあげられます」

スーホは、ゆめからさめるとすぐ、そのがっきを作りはじめました。ゆめで白馬が教えてくれたとおりに、ほねや、かわや、すじや、けを、むちゅうでくみたてていきました。

がっきは、できあがりました。これが、ばとうきんです。

スーホは、どこへ行くときも、このばとうきんをもっていきました。それをひくたびに、スーホは、白馬をころされたくやしさや、白馬にのって、草原をかけまわった楽しさを、思い出しました。そしてスーホは、じぶんのすぐわきに、白馬がいるような　気がしました。そんなとき、がっきの音《ね》は、ますますうつくしくひびき、聞く人の心をゆりうごかすのでした。

やがて、スーホの作りだしたばとうきんは、ひろいモンゴルの草原じゅうに、ひろまりました。そして、ひつじかいたちは、ゆうがたになると、より集まって、そのうつくしい音に、耳をすまし、一日のつかれをわすれるのでした。

大塚勇三（おおつか　ゆうぞう）

一九二一年（大正一〇）、中国東北地方で生まれる。東京大学法学部卒業。「スーホの白い馬」などの再話・翻訳作品ほか、『トム・ソーヤーの冒険』『長くつ下のピッピ』『小さなスプーンおばさん』など、多くの優れた外国児童文学を翻訳・紹介している。

モンゴルは、中心部にゴビ砂漠を抱える大草原である。そこに生きる人々にとって、馬はかけがえのない存在であった。馬は賢い生き物である。飼い主との間に、家族にも似た感情が流れ、窮地に陥った飼い主を馬が助けたというような物語は数多い。スーホに助けられた子馬は、命をかけてスーホを助け、彼を慕い続けるのだが、人と馬との切ない結びつきが、読むものの胸を打つ。モンゴルの弦楽器・馬頭琴は、共鳴胴の両面に馬の皮が張られ、弦も馬の毛が束ねて用いられている。これを弾きながら歌うスーホの声が、どれほど美しく草原に響き渡って行ったか、作品を読む小学生たちの胸を揺さぶるに違いない。

馬頭琴は、今もこの草原に生きる人々の間に健在であろうか。そして人々は、どのような思いで、この馬頭琴の音に耳を傾けるのであろうか。

なつかしの こくご問題

1　楽器「馬頭琴」の説明で正しいものは次のうちどちらでしょう？（3点）

ア．弦は二本で束になっており、共鳴箱は木製が主流。ヴァイオリンの原点という説もある。

イ．弓の裏表面を使用するのが大きな特徴で、人の泣き声にも似た哀愁漂う音色が魅力の楽器。

中学校

トロッコ

芥川龍之介

小田原熱海《おだわらあたみ》間に、軽便鉄道(1)敷設《ふせつ》の工事が始まったのは、良平《りょうへい》の八つの年だった。良平は毎日村はずれへ、その工事を見物に行った。工事を――といったところが、ただトロッコで土を運搬する――それがおもしろさに見に行ったのである。

トロッコの上には土工が二人、土を積んだ後ろに佇《たたず》んでいる。トロッコは山を下るのだから、人手を借りずに走って来る。煽《あお》るように車台が動いたり、土工の袢纏《はんてん》の裾《すそ》がひらついたり、細い線路がしなったり――良平はそんなけしきを眺《なが》めながら、土工になりたいと思うことがある。せめては一度でも土工といっしょにトロッコへ乗りたいと思うこともある。トロッコは村はずれの平地へ来ると、自然とそこに止まってしまう。と同時に土工たちは、身軽にトロッコを飛び降りるが早いか、その線路の終点へ車の土をぶちまける。それから今度はトロッコを押し押し、もと来た山の方へ登り始める。良平はその時乗れないまでも、押すことさえ出来たらと思うのである。

ある夕方、――それは二月の初旬だった。良平は二つ下の弟や、弟と同じ年の隣の子供と、トロッコの置いてある村はずれへ行った。トロッコは泥《どろ》だらけになったまま、薄明るい中に並んでいる。が、そのほかはどこを見ても、土工たちの姿は見えなかった。三人の子供は恐る恐る、いちばん端《はし》にあるトロッコを押した。トロッコは三人の力が揃うと、突然ごろりと車輪をまわした。良平はこの音にひやりとした。しかし二度目の車輪の音は、もう彼を驚かさなかった。ごろり、ごろり、――トロッコはそういう音とともに、三人の手に押されながら、そろそろ線路を登って行った。

そのうちにかれこれ十間ほど来ると、線路の勾配《こうばい》が急になり出した。トロッコも三人の力では、いくら押しても動かなくなった。どうかすれば車といっしょに、押《お》し戻《もど》されそうにもなることがある。良平はもういいと思ったから、年下の二人に合図をした。

「さあ、乗ろう?」

彼らは一度に手をはなすと、トロッコの上へ飛び乗った。トロッコは最初徐《おもむろ》に、それから見る見る勢いよく、一息に線路を下り出した。そのとたんにつき当たりの風景は、たちまち両側へ分かれるように、ずんずん目の前へ展開して来る。――良平は顔に吹きつける日の暮れの風を感じながらほとんど有頂天になってしまった。

しかしトロッコは二、三分ののち、もうもとの終点に止まっていた。

「さあ、もう一度押すじゃあ」

良平は年下の二人といっしょに、またトロッコを押し上げにかかった。が、まだ車輪も動かないうちに、突然彼らの後ろには、誰《だれ》かの足音が聞こえ出した。のみならずそれは聞こえ出したと思うと、急にこう言う怒鳴《どな》り声に変わった。

「この野郎《やろう》！ 誰に断わってトロに触《さわ》った？」

そこには古い印袢纏《しるしばんてん》に、季節はずれの麦藁帽《むぎわらぼう》をかぶった、脊《せ》の高い土工が佇んでいる。――そういう姿が目にはいった時、良平は年下の二人といっしょに、もう五、六間逃げ出していた。――それぎり良平は使いの帰りに、人気《ひとけ》のない工事場のトロッコを見ても、二度と乗って見ようと思ったことはない。ただその時の土工の姿は、今でも良平の頭のどこかに、はっきりした記憶を残している。薄明りの中に仄《ほの》めいた、小さい黄色の麦藁帽、――しかしその記憶さえも、年ごとに色彩は薄れるらしい。

そののち十日余りたってから、良平はまたたった一人、午過《ひるす》ぎの工事場に佇みながら、トロッコの来るのを眺めていた。すると土を積んだトロッコのほかに、枕木《まくらぎ》を積んだトロッコが一輛《りよう》、これは本線になるはずの、太い線路を登って来た。このトロッコを押しているのは、二人とも若い男だった。良平は彼らを見た時から、なんだか親しみやすいような気がした。「この人たちならば叱《しか》られない」――彼はそう思いながら、トロッコの側《そば》へ駈《か》けて行った。

「おじさん。押してやろうか？」

その中の一人、――縞《しま》のシャツを着ている男は、俯向《うつむ》きにトロッコを押したまま、思った通り快い返事をした。

「おお、押してくよう」

良平は二人の間にはいると、力いっぱい押し始めた。

「われはなかなか力があるな」

他の一人、――耳に巻煙草《まきたばこ》を挾《はさ》んだ男も、こう良平を褒《ほ》めてくれた。

そのうちに線路の勾配は、だんだん楽になり始めた。「もう押さなくともいい」――良平は今にも言われるかと内心気がかりでならなかった。が、若い二人の土工は、前よりも腰を起こしたぎり、黙々と車を押し続けていた。良平はとうとうこらえ切れずに、怯《お》ず怯《お》ずこんなことを尋ねてみた。

「いつまでも押していていい？」

「いいとも」

二人は同時に返事をした。良平は「優しい人たちだ」と思った。

五、六町余り押し続けたら、線路はもう一度急勾配になった。そこには両側の蜜柑畑《みかんばたけ》に、黄色い実がいくつも日を受けている。

「登り路《みち》のほうがいい、いつまでも押させてくれるから」――良平はそんなことを考えながら、全身でトロッコを押すようにした。

蜜柑畑の間を登りつめると、急に線路は下りになった。縞のシャツを着ている男は、良平に「やい、乗れ」と言った。良平はすぐに飛び乗った。トロッコは三人が乗り移ると同時に、蜜柑畑の匂《におい》を煽りながら、ひた辷《すべ》りに線路を走り出した。「押すよりも乗るほうがずっといい」――良平は羽織に風を孕《はら》ませながら、あたりまえのことを考えた。「行きに押すところが多ければ、帰りにまた乗るところが多い」――そうもまた考えたりした。

竹藪《たけやぶ》のある所へ来ると、トロッコは静かに走るのを止《や》めた。三人はまた前のように、重いトロッコを押し始めた。竹藪はいつか雑木林《ぞうきばやし》になった。爪先《つまさき》上がりの所々には、赤錆《あかさび》の線路も見えないほど、落葉のたまっている場所もあった。その路をやっと登り切ったら、今度は高い崖《がけ》の向こうに、広々と薄ら寒い海が開けた。と同時に良平の頭には、あまり遠く来過ぎたことが、急にはっきりと感じられた。

三人はまたトロッコへ乗った。車は海を右にしながら、雑木の枝の下を走って行った。しかし良平はさっきのように、おもしろい気もちにはなれなかった。「もう帰ってくれればいい」——彼はそうも念じてみた。が、行くところまで行きつかなければ、トロッコも彼らも帰れないことは、もちろん彼にもわかり切っていた。

その次に車の止まったのは、切《き》り崩《くず》した山を背負っている、藁屋根《わらやね》の茶店の前だった。二人の土工はその店へはいると、乳呑児《ちのみご》をおぶった上《かみ》さんを相手に、悠々《ゆうゆう》と茶などを飲み始めた。良平は独《ひと》りいらいらしながら、トロッコのまわりをまわってみた。トロッコには頑丈《がんじょう》な車台の板に、跳《は》ねかえった泥が乾《かわ》いていた。

しばらくののち茶店を出て来しなに、巻煙草を耳に挾《はさ》んだ男は、（その時はもう挾んでいなかったが）トロッコの側にいる良平に新聞紙《しんぶんがみ》に包んだ駄菓子《だがし》をくれた。良平は冷淡に「ありがとう」と言った。が、すぐに冷淡にしては、相手にすまないと思い直した。彼はその冷淡さを取り繕うように、包み菓子の一つを口へ入れた。菓子には新聞紙にあったらしい、石油の匂がしみついていた。

三人はトロッコを押しながら緩《ゆる》い傾斜を登って行った。良平は車に手をかけていても、心はほかのことを考えていた。

その坂を向こうへ下《お》り切ると、また同じような茶店があった。土工たちがその中へはいったあと、良平はトロッコに腰をかけながら、帰ることばかり気にしていた。茶店の前には花のさいた梅に、西日の光が消えかかっている。「もう日が暮れる」――彼はそう考えると、ぼんやり腰かけてもいられなかった。トロッコの車輪を蹴《け》ってみたり、一人では動かないのを承知しながらうんうんそれを押してみたり、――そんなことに気もちを紛らせていた。

ところが土工たちは出て来ると、車の上の枕木に手をかけながら、むぞうさに彼にこう言った。

「われはもう帰んな。おれたちは今日《きょう》は向こう泊まりだから」

「あんまり帰りが遅《おそ》くなるとわれの家《うち》でも心配するずら」

良平は一瞬間あっけにとられた。もうかれこれ暗くなること、去年の暮れ母と岩村《いわむら》(2)まで来たが、今日の途《みち》はその三、四倍あること、それを今からたった一人、歩いて帰らなければならないこと、――そういうことが一時にわかったのである。良平はほとんど泣きそうになった。が、泣いてもしかたがないと思った。泣いている場合ではないとも思った。彼は若い二人の土工に、取って付けたようなお時宜《じぎ》をすると、どんどん線路伝いに走り出した。

良平はしばらく無我夢中に線路の側を走り続けた。そのうちに懐《ふところ》の菓子包みが、邪魔になることに気がついたから、それを路側《みちばた》へ抛《ほう》り出すついでに、板草履《いたぞうり》もそこへ脱ぎ捨ててしまった。すると薄い足袋《たび》の裏へじかに小石が食いこんだが、足だけは遙《はる》かに軽くなった。彼は左に海を感じながら、急な坂路《さかみち》を駈け登った。時々涙がこみ上げて来ると、自然に顔が歪《ゆが》んでくる。――それは無理に我慢しても、鼻だけは絶えずくうくう鳴った。

竹藪の側を駈け抜けると、夕焼けのした日金山《ひがねやま》(3)の空も、もう火照《ほて》りが消えかかっていた。良平はいよいよ気が気でなかった。往《ゆ》きと返りと変わるせいか、景色《けしき》の違うのも不安だった。すると今度は着物までも、汗の濡《ぬ》れ通ったのが気になったから、やはり必死に駈け続けたなり、羽織を路側《みちばた》へ脱いで捨てた。

蜜柑畑へ来るころには、あたりは暗くなる一方だった。「命さえ助かれば――」良平はそう思いながら、辷《すべ》ってもつまずいても走って行った。

やっと遠い夕闇《ゆうやみ》の中に、村はずれの工事場が見えた時、良平は一思いに泣きたくなった。しかしその時もべそはかいたが、とうとう泣かずに駈け続けた。

彼の村へはいってみると、もう両側の家々には、電灯《でんとう》の光がさし合っていた。良平はその電灯の光に頭から汗の湯気《ゆげ》の立つのが、彼自身にもはっきりわかった。井戸端《いどばた》に水を汲《く》んでいる女衆《おんなしゅ》や、畑から帰って来る男衆《おとこしゅ》は、良平が喘《あえ》ぎ喘《あえ》ぎ走るのを見ては、「おいどうしたね？」などと声をかけた。が、彼は無言のまま、雑貨屋だの床屋だの、明るい家の前を走り過ぎた。

彼の家《うち》の門口へ駈けこんだ時、良平はとうとう大声に、わっと泣き出さずにはいられなかった。その泣き声は彼の周囲《まわり》へ、一時に父や母を集まらせた。ことに母はなんとか言いながら、良平の体《からだ》を抱《かか》えるようにした。が、良平は手足をもがきながら、啜《すす》り上げ啜り上げ泣き続けた。その声が余《あま》り激しかったせいか、近所の女衆も三、四人、薄暗い門口へ集まって来た。父母はもちろんその人たちは、口々に彼の泣く訣《わけ》を尋ねた。しかし彼はなんと言われても泣きたてるよりほかにしかたがなかった。あの遠い路を駈け通して来た、今までの心細さをふり返ると、いくら大声に泣き続けても、足りない気もちに迫られながら、……

良平は二十六の年、妻子といっしょに東京へ出て来た。今ではある雑誌社の二階に、校正の朱筆《しゅふで》を握っている。が、彼はどうかすると、全然何《なん》の理由もないのに、その時の彼を思い出すことがある。全然何《なん》の理由もないのに？――塵労《じんろう》に疲れた彼の前には今でもやはりその時のように、薄暗い藪《やぶ》や坂のある路が、細々と一すじ断続している。……

（大正十一年二月）

【注釈】(1)軽便鉄道―小型の汽車を使用する鉄道。小田原熱海間には最初人車鉄道が開通していたが、一九〇八年（明治四一）八月、大日本軌道会社が軽便鉄道の敷設工事を開始した。(2)岩村―神奈川県足柄下郡にある地名。小田原と熱海の中間で真鶴より少し東。(3)日金山―熱海市の西北にある高さ七七四メートルの山。

芥川龍之介（あくたがわ りゅうのすけ）
一八九二年（明治二五）―一九二七年（昭和二）。東京都生まれ。一九一六年発表の「鼻」が夏目漱石の目に留まり、文壇にデビュー。初期の古典を材料にした「羅生門」「地獄変」などの名作を経て、作家としての地位を確立する。のちに身辺を題材とした現代小説に移行するも、「ぼんやりとした不安」を感じたという言葉を残し、服毒自殺。

芥川の作品には、鋭さと共に繊細な抒情性がある。「トロッコ」はその典型的なひとつであろう。彼の心の優しさ、温かさが作品の全体を貫いている。

一緒にトロッコを押し、斜面にかかってはそれに乗って快走し、平らになった所では再び一緒に押す。良平はそんな仕事の繰り返しの中で、二人の土工を仲間として信じ込んでしまう。相当の遠距離なのだが、彼は二人と一緒に、また帰ってくるつもりだから少しも心配しない。だが、「もう日が暮れる」頃になって、土工たちが、「われはもう帰んな。おれたちは今日は向こう泊まりだから」と言ったとき、場面は一変する。

信じていた人たちに突然放り出された驚きや悲しみは、少年時代、誰もが持つ体験である。そういった自らの記憶を重ね合わせることで、人々は、「トロッコ」に、より強く惹きつけられるのであろう。

なつかしの こくご問題

2 **「山を背負っている」とはどんな様子ですか？**（3点）

ア．すぐ後に山が迫っている様子
イ．遥かむこうに山がある様子
ウ．山が非常に高くそびえている様子
エ．山が左右に傾いている様子

小学校

スイミー

レオ＝レオニ（作・絵）
谷川俊太郎（訳）

ひろい　海の　どこかに、小さな　魚の　きょうだいたちが、楽しく　くらして　いた。

みんな　赤いのに、一ぴきだけは、からす貝よりもまっ黒。およぐのは、だれよりも　はやかった。

名まえは　スイミー。

ある日、おそろしい　まぐろが、おなかを　すかせて、すごい　はやさで　ミサイルみたいに　つっこんで　きた。

一口で、まぐろは、小さな　赤い　魚たちを、一ぴきのこらず　のみこんだ。

にげたのは　スイミーだけ。

スイミーは　およいだ、くらい　海の　そこを。
こわかった、さびしかった、とても　かなしかった。
けれど、海には　すばらしい　ものが　いっぱい　あった。
おもしろい　ものを　見る　たびに、スイミーは、だんだん　元気を　とりもどした。
にじ色の　ゼリーのような　くらげ……
水中ブルドーザーみたいな　いせえび……
見た　ことも　ない　魚たち、みえない　糸で　引っぱられて　いる。
ドロップみたいな　岩から　生えている、こんぶや　わかめの　林。
うなぎ。顔を見る　ころには、しっぽを　わすれてるほど　ながい。
そして、風にゆれる　もも色の　やしの木みたいな　いそぎんちゃく。
そのとき、岩かげに、スイミーは　見つけた。
スイミーのと　そっくりの、小さな　魚の　きょうだいたち。
「出て　こいよ、みんなで　あそぼう。おもしろい　ものが　いっぱいだよ。」
「だめだよ。」小さな　赤い　魚たちは　答えた。
「大きな　魚に、たべられて　しまうよ。」

「だけど、いつまでも　そこに　じっと　している　わけには　いかないよ。なんとか　考えなくちゃ。」

スイミーは　考えた。いろいろ　考えた。うんと考えた。

それから、とつぜん、スイミーは　さけんだ。

「そうだ。」

「みんな　いっしょに　およぐんだ。海で　いちばん　大きな　魚の　ふりを　して。」

スイミーは　教えた。けっしてはなればなれに　ならない　こと。みんな、もち場を　まもる　こと。

みんなが、一ぴきの　大きな　魚みたいにおよげるように　なった　とき、スイミーは言った。

「ぼくが、目に　なろう。」
朝の　つめたい　水の中を、ひるの　かがやく　光の　中を、みんなは　およぎ、大きな　魚
を　おい出した。

レオ＝レオニ
一九一〇年（明治四三）―一九九九年（平成一一）。オランダのアムステルダムに生まれる。一九三三年よりイタリアの食品卸業者モッタのアートディレクターとなる。一九三九年にアメリカに渡り、その後フォーチュン誌のアートディレクターとして活躍しながら、独自の表現方法で多数の絵本を制作。谷川俊太郎の訳によって多数の作品が日本にも紹介された。

読むだけで情景が浮かんでくる作品だ。
スイミーは赤い魚の中でたった一匹の黒い魚。昔、白いカラスが、真っ黒いからすの群れにいじめられていたのを思い出す。仲間との折り合いがうまく行かずに苦労している小学生も少なくないこの頃だが、スイミーの積極的姿勢は、彼らを励ますのではないだろうか。
まぐろに赤い仲間全部が呑み込まれた後も、泳ぐスピードの速いスイミーは生き残る。その後、怯えきっている別の仲間を組織し、一匹の魚に見えるように、集団を作って泳ぎ回らせ、自分はその目になってリーダーシップを発揮する。「ゼリーのようなくらげ」「水中ブルドーザーみたいないせえび」「ドロップみたいな岩」。その言葉のひとつひとつが、いつの時代の子供たちをもしっかりとつかまえて離さない理由であろう。

小学校

春の歌

草野心平

かえるは冬のあいだは土の中にいて春になると地上に出てきます。
そのはじめての日のうた。

ほっ　まぶしいな。
ほっ　うれしいな。

みずは　つるつる。
かぜは　そよそよ。
ケルルン　クック。
ああいいにおいだ。

ケルルン　クック。
ほっ　いぬのふぐりがさいている。
ほっ　おおきなくもがうごいてくる。
ケルルン　クック。
ケルルン　クック。

草野心平（くさの しんぺい）

一九〇三年（明治三六）―一九八八年（昭和六三）。福島県上小川村（現在のいわき市小川町）に生まれる。一九二一年、中国の嶺南大学に入学。一九二八年、初詩集『第百階級』を刊行する。以降、蛙をテーマにした作品を多数発表、広く世に知られる。また、親交のあった宮沢賢治の作品を世に出すために尽力する。一九八七年に文化勲章を受賞。

草野心平には、蛙に対する特別な思い入れがある。島木健作の『赤蛙』にも見られるように、蛙はなんとなく人間に親近感を抱かせる生き物なのであろうか。

草野心平は、詩集『第百階級』をはじめ、『定本蛙』『第四の蛙』など、蛙をテーマにした詩集を多数出版。それら一連の蛙作品が認められ、第一回読売文学賞を受賞した、まさに「蛙詩人」と呼ぶにふさわしい作家人生を送った。

国語教科書では、今回紹介した「春の歌」のほかに、「河童と蛙」が多く採用されているが、どちらの作品にも共通して言えるのは音読したときの楽しさだろう。「ケルルン　クック」「るんるん　るるんぶ」という実に個性的な蛙の鳴き声は、蛙や草野心平の詩作品と触れ合う機会がなくとも、時々思い出してしまうくらい印象的だ。

なつかしのこくご問題

3 文中3行目の「みずはつるつる」の「つるつる」のような表現を何というでしょう？（3点）

ア．擬人法　イ．擬態語　ウ．擬声語

高校

注文の多い料理店

宮沢賢治

二人の若い紳士《しんし》が、すっかりイギリスの兵隊のかたちをして、ぴかぴかする鉄砲《てっぽう》をかついで、白熊《しろくま》のような犬を二疋《ひき》連《つ》れて、だいぶ山奥《やまおく》の、木の葉のかさかさしたとこを、こんなことを云《い》いながら、あるいておりました。

「ぜんたい、ここらの山は怪《け》しからんね。鳥も獣《けもの》も一疋も居やがらん。なんでも構わないから、早くタンタアーンと、やって見たいもんだなあ。」

「鹿《しか》の黄いろな横っ腹なんぞに、二三発お見舞《みまい》もうしたら、ずいぶん痛快だろうねえ。くるくるまわって、それからどたっと倒《たお》れるだろうねえ。」

それはだいぶの山奥でした。案内してきた専門の鉄砲打ちも、ちょっとまごついて、どこかへ行ってしまったくらいの山奥でした。

それに、あんまり山が物凄《ものすご》いので、その白熊のような犬が、二疋いっしょにめまいを起して、しばらく吠《うな》って、それから泡《あわ》を吐《は》いて死んでしまいました。

「じっにぼくは、二千四百円の損害だ」と一人の紳士が、その犬の眼《ま》ぶたを、ちょっとかえしてみて言いました。

「ぼくは二千八百円の損害だ。」と、もひとりが、くやしそうに、あたまをまげて言いました。

はじめの紳士は、すこし顔いろを悪くして、じっと、もひとりの紳士の、顔つきを見ながら云いました。

「ぼくはもう戻《もど》ろうとおもう。」

「さあ、ぼくもちょうど寒くはなったし腹は空《す》いてきたし戻ろうとおもう。」

「そいじゃ、これで切りあげよう。なあに戻りに、昨日《きのう》の宿屋で、山鳥を拾円《じゅうえん》も買って帰ればいい。」

「兎《うさぎ》もでていたねえ。そうすれば結局おんなじこった。では帰ろうじゃないか」

ところがどうも困ったことは、どっちへ行けば戻れるのか、いっこう見当がつかなくなっていました。

風がどうと吹《ふ》いてきて、草はざわざわ、木の葉はかさかさ、木はごとんごとんと鳴りました。

「どうも腹が空いた。さっきから横っ腹が痛くてたまらないんだ。」

「ぼくもそうだ。もうあんまりあるきたくないな。」

「あるきたくないよ。ああ困ったなあ、何かたべたいなあ。」

「喰《た》べたいもんだなあ」

二人の紳士は、ざわざわ鳴るすすきの中で、こんなことを云いました。

その時ふとうしろを見ますと、立派な一軒《いっけん》の西洋造りの家がありました。

そして玄関《げんかん》には

RESTAURANT
西 洋 料 理 店
WILDCAT HOUSE
山 猫 軒

という札がでていました。

「君、ちょうどいい。ここはこれでなかなか開けてるんだ。入ろうじゃないか」

「おや、こんなとこにおかしいね。しかしとにかく何か食事ができるんだろう」

「もちろんできるさ。看板にそう書いてあるじゃないか」

「はいろうじゃないか。ぼくはもう何か喰べたくて倒れそうなんだ。」

二人は玄関に立ちました。玄関は白い瀬戸《せと》の煉瓦《れんが》で組んで、実に立派なもんです。

そして硝子《がらす》の開き戸がたって、そこに金文字でこう書いてありました。


　「どなたもどうかお入りください。決してご遠慮《えんりょ》はありません」


二人はそこで、ひどくよろこんで言いました。

「こいつはどうだ、やっぱり世の中はうまくできてるねえ、きょう一日なんぎしたけれど、こんどはこんないいこともある。このうちは料理店だけれどもただでご馳走《ちそう》するんだぜ。」

「どうもそうらしい。決してご遠慮はありませんというのはその意味だ。」

二人は戸を押《お》して、なかへ入りました。そこはすぐ廊下《ろうか》になっていました。その硝子戸の裏側には、金文字でこうなっていました。

「ことに肥《ふと》ったお方や若いお方は、大歓迎《だいかんげい》いたします」

二人は大歓迎というので、もう大よろこびです。

「君、ぼくらは大歓迎にあたっているのだ。」

「ぼくらは両方兼ねてるから」

ずんずん廊下を進んで行きますと、こんどは水いろのペンキ塗《ぬ》りの扉《と》がありました。

「どうも変な家《うち》だ。どうしてこんなにたくさん戸があるのだろう。」

「これはロシア式だ。寒いとこや山の中はみんなこうさ。」

そして二人はその扉をあけようとしますと、上に黄いろな字でこう書いてありました。

「当軒は注文の多い料理店ですからどうかそこはご承知下さい」

「なかなかはやってるんだ。こんな山の中で。」

「それあそうだ。見たまえ、東京の大きな料理屋だって大通りにはすくないだろう」

二人は云いながら、その扉をあけました。するとその裏側に、

「注文はずいぶん多いでしょうがどうか一々こらえて下さい。」

「これはぜんたいどういうんだ。」ひとりの紳士は顔をしかめました。

「うん、これはきっと注文があまり多くて支度《したく》が手間取るけれどもごめん下さいと斯《こ》ういうことだ。」

「そうだろう。早くどこか室《へや》の中にはいりたいもんだな。」

「そしてテーブルに座《すわ》りたいもんだな。」

ところがどうもうるさいことは、また扉が一つありました。そしてそのわきに鏡がかかって、その下には長い柄のついたブラシが置いてあったのです。

扉には赤い字で、

「お客さまがた、ここで髪《かみ》をきちんとして、それからはきものの泥《どろ》を落してください。」

と書いてありました。

「これはどうも尤《もっと》もだ。僕もさっき玄関で、山のなかだとおもって見くびったんだよ」

「作法の厳しい家だ。きっとよほど偉《えら》い人たちが、たびたび来るんだ。」

そこで二人は、きれいに髪をけずって、靴の泥を落しました。

そしたら、どうです。ブラシを板の上に置くや否《いな》や、そいつがぼうっとかすんで無くなって、風がどうっと室の中に入ってきました。

二人はびっくりして、互《たがい》によりそって、扉をがたんと開けて、次の室へ入って行きました。早く何か暖いものでもたべて、元気をつけて置かないと、もう途方《とほう》もないことになってしまうと、二人とも思ったのでした。

扉の内側に、また変なことが書いてありました。

「鉄砲と弾丸《たま》をここへ置いてください。」

見るとすぐ横に黒い台がありました。

「なるほど、鉄砲を持ってものを食うという法はない。」

「いや、よほど偉い人が始終来ているんだ。」

二人は鉄砲をはずし、帯皮を解いて、それを台の上に置きました。

また黒い扉がありました。

「どうか帽子《ぼうし》と外套《がいとう》と靴をおとり下さい。」

「どうだ、とるか。」

「仕方ない、とろう。たしかによっぽどえらいひとなんだ。奥に来ているのは」

二人は帽子とオーバコートを釘《くぎ》にかけ、靴をぬいでぺたぺたあるいて扉の中にはいりました。

扉の裏側には、

「ネクタイピン、カフスボタン、眼鏡《めがね》、財布《さいふ》、その他金物類、ことに尖《とが》ったものは、みんなここに置いてください」

と書いてありました。扉のすぐ横には黒塗りの立派な金庫も、ちゃんと口を開けて置いてありました。鍵《かぎ》まで添《そ》えてあったのです。

「ははあ、何かの料理に電気をつかうと見えるね。金気《かなけ》のものはあぶない。ことに尖ったものはあぶないと斯《こ》う云うんだろう。」

「そうだろう。して見ると勘定《かんじょう》は帰りにここで払《はら》うのだろうか。」

「どうもそうらしい。」

「そうだ。きっと。」

二人はめがねをはずしたり、カフスボタンをとったり、みんな金庫の中に入れて、ぱちんと錠《じょう》をかけました。

すこし行きますとまた扉《と》があって、その前に硝子《がらす》の壺《つぼ》が一つありました。扉には斯《こ》う書いてありました。

「壺の中のクリームを顔や手足にすっかり塗ってください。」

みるとたしかに壺のなかのものは牛乳のクリームでした。

「クリームをぬれというのはどういうんだ。」

「これはね、外がひじょうに寒いだろう。室《へや》の中があんまり暖いとひび(4)がきれるから、その予防なんだ。どうも奥には、よほどえらいひとがきている。こんなところで、案外ぼくらは、貴族とちかづきになるかも知れないよ。」

二人は壺のクリームを、顔に塗って手に塗ってそれから靴下をぬいで足に塗りました。それでもまだ残っていましたから、それは二人ともめいめいこっそり顔へ塗るふりをしながら喰べました。

それから大急ぎで扉をあけますと、その裏側には、

「クリームをよく塗りましたか、耳にもよく塗りましたか、」

と書いてあって、ちいさなクリームの壺がここにも置いてありました。

「そうそう、ぼくは耳には塗らなかった。あぶなく耳にひびを切らすとこだった。ここの主人はじつに用意周到《しゅうとう》だね。」

「ああ、細かいとこまでよく気がつくよ。ところでぼくは早く何か喰べたいんだが、どうも斯うどこまでも廊下じゃ仕方ないね。」

するとすぐその前に次の戸がありました。

「料理はもうすぐできます。

十五分とお待たせはいたしません。

すぐたべられます。

早くあなたの頭に瓶《びん》の中の香水をよく振《ふ》りかけてください。」

そして戸の前には金ピカの香水の瓶が置いてありました。

二人はその香水を、頭へぱちゃぱちゃ振りかけました。

ところがその香水は、どうも酢《す》のような匂《におい》がするのでした。

「この香水はへんに酢くさい。どうしたんだろう。」

「まちがえたんだ、下女(5)が風邪《かぜ》でも引いてまちがえて入れたんだ。」

二人は扉をあけて中にはいりました。

扉の裏側には、大きな字で斯う書いてありました。

「いろいろ注文が多くてうるさかったでしょう。お気の毒でした。
もうこれだけです。どうかからだ中に、壺の中の塩をたくさん
よくもみ込んでください。」

なるほど立派な青い瀬戸の塩壺は置いてありましたが、こんどというこんどは二人ともぎょっとしてお互にクリームをたくさん塗った顔を見合せました。

「どうもおかしいぜ。」

「ぼくもおかしいとおもう。」

「沢山《たくさん》の注文というのは、向うがこっちへ注文してるんだよ。」

「だからさ、西洋料理店というのは、ぼくの考えるところでは、西洋料理を、来た人にたべさせるのではなくて、来た人を西洋料理にして、食べてやる家《うち》とこういうことなんだ。これは、その、つ、つ、つ、つまり、ぼ、ぼ、ぼくらが……。」がたがたがたがた、ふるえだしてもうものが言えませんでした。

「その、ぼ、ぼくらが、……うわあ。」がたがたがたがたふるえだして、もうものが言えませんでした。

「遁《に》げ……。」がたがたしながら一人の紳士はうしろの戸を押《お》そうとしましたが、どうです、戸はもう(6)一分《いちぶ》も動きませんでした。

奥の方にはまだ一枚扉があって、大きなかぎ穴が二つつき、銀いろのホークとナイフの形が切りだしてあって、

「いや、わざわざご苦労です。

大へん結構にできました。

さあさあおなかにおはいりください。」

と書いてありました。おまけにかぎ穴からはきょろきょろ二つの青い眼玉《めだま》がこっちをのぞいています。

「うわあ。」がたがたがたがた。

「うわあ。」がたがたがたがた。

ふたりは泣き出しました。

すると戸の中では、こそこそこんなことを云っています。

「だめだよ。もう気がついたよ。塩をもみこまないようだよ。」

「あたりまえさ。親分の書きようがまずいんだ。あすこへ、いろいろ注文が多くてうるさかったでしょう、お気の毒でしたなんて、間抜《まぬ》けたことを書いたもんだ。」

「どっちでもいいよ。どうせぼくらには、骨も分けて呉《く》れやしないんだ。」

「それはそうだ。けれどももしここへあいつらがはいって来なかったら、それはぼくらの責任だぜ。」

「呼ぼうか、呼ぼう。おい、お客さん方、早くいらっしゃい。いらっしゃい。いらっしゃい。お皿《さら》も洗ってありますし、菜っ葉ももうよく塩でもんで置きました。あとはあなたがたと、菜っ葉をうまくとりあわせて、まっ白なお皿にのせるだけです。はやくいらっしゃい。」

「へい、いらっしゃい、いらっしゃい。それともサラド(7)はお嫌《きら》いですか。そんならこれから火を起してフライにしてあげましょうか。とにかくはやくいらっしゃい。」

二人はあんまり心を痛めたために、顔がまるでくしゃくしゃの紙屑《かみくず》のようになり、お互にその顔を見合せ、ぶるぶるふるえ、声もなく泣き出しました。

中ではふっふっとわらってまた叫《さけ》んでいます。

「いらっしゃい、いらっしゃい。そんなに泣いては折角《せっかく》のクリームが流れるじゃありませんか。へい、ただいま。じきもってまいります。さあ、早くいらっしゃい。」

「早くいらっしゃい。親方がもうナフキンをかけて、ナイフをもって、舌なめずりして、お客さま方を待っていられます。」

二人は泣いて泣いて泣いて泣いて泣きました。

そのときうしろからいきなり、

「わん、わん、ぐわあ。」という声がして、あの白熊《しろくま》のような犬が二疋《ひき》、扉《と》をつきやぶって室《へや》の中に飛び込んできました。鍵穴《かぎあな》の眼玉はたちまちなくなり、犬どもはううとうなってしばらく室の中をくるくる廻《まわ》っていましたが、また一声

「わん。」と高く吠《ほ》えて、いきなり次の扉に飛びつきました。戸はがたりとひらき、犬どもは吸い込まれるように飛んで行きました。

その扉の向うのまっくらやみのなかで、

「にゃあお、くゎあ、ごろごろ。」という声がして、それからがさがさ鳴りました。

室はけむりのように消え、二人は寒さにぶるぶるふるえて、草の中に立っていました。

見ると、上着や靴《くつ》や財布《さいふ》やネクタイピンは、あっちの枝《えだ》にぶらさがったり、こっちの根もとにちらばったりしています。風がどうと吹《ふ》いてきて、草はざわざわ、木の葉はかさかさ、木はごとんごとんと鳴りました。

犬がふうとうなって戻《もど》ってきました。

そしてうしろからは、

「旦那《だんな》あ、旦那あ、」と叫ぶものがあります。

二人は俄《にわ》かに元気がついて
「おおい、おおい、ここだぞ、早く来い。」と叫びました。

簑帽子《みのぼうし》をかぶった専門の猟師《りょうし》が、草をざわざわ分けてやってきました。

そこで二人はやっと安心しました。

そして猟師の持ってきた団子をたべ、途中《とちゅう》で十円だけ山鳥を買って東京に帰りました。

しかし、さっき一ぺん紙くずのようになった二人の顔だけは、東京に帰っても、お湯にはいっても、もうもとのとおりになおりませんでした。

【注釈】 (1)二千四百円―現在の約三六〇万円に相当する。(2)山鳥―日本特有の留鳥で、キジ科。(3)髪をけずって―髪をくしでとかして。(4)ひびがきれる―手足などの皮膚が乾燥し、裂けること。(5)下女―雑事をする女性。お手伝い。(6)一分―約三ミリメートル。(7)サラド―サラダのこと。

宮沢賢治（みやざわ けんじ）

一八九六年（明治二九）―一九三三年（昭和八）。岩手県（現在の花巻市）に生まれる。裕福な家庭で育ち、盛岡高等農林学校を卒業後、現在の花巻農学校にて教鞭を振るいながら地道に執筆活動を行う。また、献身的に農業指導に励んだが、過労のため三十七歳の若さでこの世を去る。生前刊行されたのは童話集『注文の多い料理店』と詩集『春と修羅』のみ。

童話というよりはスリラーに近い恐怖を覚えさせる物語である。宮沢賢治は、狩猟と称して必要もないのに動物を殺害する人々に、憎しみに近いほどの反感を抱いていたのではないかと思われる。それは動物殺害への反感であるだけでなく、狩猟に象徴されるような、近代文明そのものへの賢治の、漠然とした不安をも示しているのではないだろうか。

ぴかぴかする鉄砲を担いだ「二人の若い紳士」は、山中の、西洋料理「山猫軒」を訪ねる。そこで彼らは、掲示による店の指示の通り、鉄砲と弾を置く。髪も梳かし、とがった物すべてを体から離す。頭に酢の「香水」をかけ、壺の中の塩を体によくもみこめ、との指示に接したところで、二人は食われるのが自分たちである事に気づくのだが、いつも当たり前のように動物を食っている人間を、食われる立場に追い込んだところに、この物語の恐ろしさと面白さがある。

なつかしの こくご問題

4 **「風がどうと吹く」と言う表現はどんな意味をもつか、次の中から選んでください**（3点）

ア．風が強いことを強調する　　イ．現実と幻想の切り替わりを表現

ウ．文章をユーモラスに見せる効果

小学校

かわいそうなぞう

土家由岐雄

上野の動物園は、桜の花ざかりです。

風にぱっと散る花。お日さまにひかり輝いて咲く花。お花見の人達がどっとおしよせて、動物園は、砂ほこりを巻き上げてこみあっていました。

ぞうのおりの前の広場では、今、二頭のぞうが、芸当《げいとう》の真っ最中です。長い鼻を、天に向けて、日の丸の旗を振ったり、カラランランと鈴をふりならしたり、よたよたと、丸太わたりをしたりして、大勢の見物人を、わあわあと喜ばせています。

そのにぎやかな広場から、少し離れたところに、一つの石のお墓があります。あまり気のつく人はありませんが、動物園でしんだ動物たちを、おまつりしてあるお墓です。お天気のよい日は、いつも、あたたかそうに、お日さまの光をあびています。

ある日。動物園の人が、その石のお墓をしみじみとなでまわして、わたくしに、かなしいぞうの物語をきかせてくれました。

今、動物園には、三頭のぞうがいます。名前を、インデラ、ジャンボー、メナムといいます。けれども、その前にも、やはり三頭のぞうがいました。名前を、ジョン、トンキー、ワンリーといいました。

その頃、日本は、アメリカと戦争をしていました。戦争がだんだんはげしくなって、東京の街には、毎日毎晩、爆弾が雨のように振り落とされてきました。

その爆弾が、もしも、動物園に落ちたら、どうなることでしょう。

おりが壊されて、恐ろしい動物たちが街へあばれ出したら、大変なことになります。そこで、ライオンも、トラも、ヒョウも、クマも、大蛇《だいじゃ》も、毒を飲ませて殺したのです。

三頭のぞうも、いよいよ殺されることになりました。

まず、第一に、いつも暴れん坊で、いう事を聞かない、ジョンからはじめることになりました。

ジョンは、じゃがいもが大好きでした。ですから、毒薬《どくぐすり》を入れたじゃがいもを、普通のじゃがいもに混ぜて、食べさせました。けれども、利口なジョンは、毒のじゃがいもを、口まで持っていくのですが、すぐに、長い鼻で、ポンポンと、遠くへなげかえしてしまうのです。

仕方なく、毒薬を体へ注射することになりました。

馬に使う、とても大きな注射の道具と、太い注射の針が仕度されました。

ところが、ぞうの体は、たいへん皮《かわ》が厚くて、太い針は、どれもぽきぽきとおれてしまうのでした。仕方なく食べ物を一つもやらずにいますと、かわいそうに、十七日目に死にました。

続いて、トンキーとワンリーの番です。この二頭のぞうは、いつも、かわいい目をじっとみはった、心のやさしいぞうでした。

ですから、動物園の人達は、この二頭を、なんとかして助けたいと考えて、遠い仙台の動物園へ、送ることに決めました。

けれども、仙台の街に、爆弾がおとされたらどうなることでしょう。仙台の街へ、ぞうが暴れ出たら、東京の人達がいくらごめんなさいと謝っても、もうだめです。そこで、やはり、上野の動物園で殺すことになりました。

毎日、餌をやらない日が続きました。トンキーも、ワンリーも、だんだんやせ細って、元気がなくなっていきました。時々、見まわりにいく人を見ると、よたよたと立ち上がって、

「餌をください。」

「食べ物をください。」

と、細い声を出して、せがむのでした。

そのうちに、げっそりとやせこけた顔に、あのかわいい目が、ゴムまりのようにぐっととび出してきました。耳ばかりがものすごく大きく見えるかなしい姿にかわりました。

今まで、どのぞうも、自分の子どものようにかわいがってきたぞう係の人は、「ああ、かわいそうに。かわいそうに。」と、おりの前をいったりきたりして、うろうろするばかりでした。

すると、トンキーと、ワンリーは、ひょろひょろと体を起こして、ぞう係の前に進み出たのでした。

お互いにぐったりとした体を、背中でもたれあって、芸当を始めたのです。

後ろ足で立ち上がりました。

前足をおりまげました。

鼻を高く上げて、ばんざいをしました。

しなびきった体じゅうの力をふりしぼって、芸当を見せるのでした。

芸当をすれば、昔のように、餌がもらえると思ったのです。

トンキーも、ワンリーも、よろけながら一生懸命です。

ぞう係の人は、もう我慢できません。

「ああ、ワンリーや。トンキーや。」

と、餌のある小屋へ飛びこみました。そこから走り出て、水を運びました。餌を抱えて、ぞうの足元へぶちまけました。

「さあ、食べろ、食べろ。飲んでくれ、飲んでおくれ。」

と、ぞうの足に抱きすがりました。

動物園の人たちは、みんなこれを見て見ないふりをしていました。

園長さんも、くちびるをかみしめて、じっと机の上ばかり見つめていました。

ぞうに餌をやってはいけないのです。水を飲ませてはならないのです。どうしても、この二頭のぞうをころさなければならないのです。けれども、こうして、一日でも長く生かしておけば、戦争も終って、助かるのではないかと、どの人も心の中で、神様におねがいをしていました。

けれども、トンキーもワンリーも、ついに動けなくなってしまいました。じっと体を横にしたまま、動物園の空に流れる雲をみつめているのがやっとでした。

こうなると、ぞう係の人も、もう胸が張り裂けるほど辛くなって、ぞうを見に行く元気がありません。他の人も、苦しくなって、ぞうのおりから遠く離れていました。

ついに、ワンリーは十幾日目に、トンキーは二十幾日目に、どちらも、鉄のおりにもたれながら、やせこけた鼻を高くのばして、ばんざいの芸当をしたまま死んでしまいました。

「ぞうが死んだあ。ぞうが死んだあ。」

ぞう係の人が、叫びながら、事務所に飛びこんできました。げんこつで机をたたいて、泣きふしました。

動物園の人たちは、ぞうのおりに駆け集まって、みんなどっとおりの中へころがりこみました。ぞうの体にとりすがりました。ぞうの体をゆすぶりました。

みんな、おいおいと声をあげて泣きだしました。その頭の上を、またも、爆弾をつんだ敵の飛行機が、ごうごうと東京の空にせめよせてきました。

どの人も、ぞうに抱きついたまま、こぶしを振り上げて叫びました。

「戦争をやめろ。」

「戦争をやめてくれえ。やめてくれえ。」

あとで調べますと、たらいぐらいもある大きなぞうの胃袋には、ひとしずくの水さえも入っていなかったのです。その三頭のぞうも、今は、このお墓の下に、静かに眠っているのです。

動物園の人は、目をうるませて、わたくしにこの話をしてくれました。そして、吹雪《ふぶき》のように、

桜の花びらが散りかかってくる石のお墓を、いつまでもなでていました。

土家由岐雄（つちや ゆきお）
一九〇四年（明治三七）―一九九九年（平成一一）。東京に生まれる。東京工科学校採鉱冶金科卒業後、サラリーマン、記者を経て童話作家の道へ。代表作に『かわいそうなぞう』『三びきのこねこ』（小学館文学賞）『東京っ子物語』（野間児童文芸賞）などがある。

小学生は、「可愛いもの」に目がない。「かわいそうなぞう」が、食べ物を与えられず、衰弱しきった体で芸をするというくだりは、小学生を耐えられない悲しみに追い込む。

飼育係たちは、空襲で敵機が飛来する空を見上げ、「戦争を　やめろ。」と絶叫する。この言葉から、この作品は、ある種の反戦文学として受け止められやすい。

だが、戦時中の日本人が、「戦争をやめろ。」と叫ぶことは、必ずしも時代の実情にそぐわない。彼らの実質的な敵意は、東京を焦土と化し、愛する動物すら生かしておけないほどの無差別攻撃を行った、米軍に向けられていたに違いない。むしろ米機に向かって、「日本の空に来るな。」と叫ぶのが、時代のリアリズムというものだったと思われる。

抽象的な「戦争反対」は、戦後日本の特質ではあるが、戦争を具体的に捉えずに「戦争をやめろ。」と叫ばせるところに、この作品が発行された七〇年代の「日本的思考」の特質が感じられる。

高校

高瀬舟

森 鷗外

高瀬舟《たかせぶね》は京都の高瀬川を上下する小舟である。徳川時代に京都の罪人が遠島を申し渡されると、本人の親類が牢屋敷《ろうやしき》へ呼び出されて、そこで暇乞《いとまごい》をすることを許された。それから罪人は高瀬舟に載せられて、大阪へ廻されることであった。それを護送するのは、京都町奉行《まちぶぎょう》の配下にいる同心《どうしん》(1)で、この同心は罪人の親類の中で、主立《おもだ》った一人を大阪まで同船させることを許す慣例であった。これは上《かみ》へ通った事ではないが、所謂《いわゆる》大目に見るのであった、黙許であった。

当時遠島を申し渡された罪人は、勿論重い科《とが》を犯したものと認められた人ではあるが、決して盗《ぬすみ》をするために、人を殺し火を放ったと云うような、獰悪《どうあく》な人物が多数を占めていたわけではない。高瀬舟に乗る罪人の過半は、所謂心得違《こころえちがい》のために、想わぬ科を犯した人であった。有り触れた例を挙げて見れば、当時相対死《あいたいし》(2)と云った情死を謀《はか》って、相手の女を殺して、自分だけ活き残った男と云うような類である。

そう云う罪人を載せて、入相《いりあい》の鐘の鳴る頃に漕《こ》ぎ出された高瀬舟は、黒ずんだ京都の町の家々を両岸に見つつ、東へ走って、加茂川《かもがわ》を横ぎって下るので

あった。この舟の中で、罪人とその親類の者とは夜どおし身の上を語り合う。いつもいつも悔やんでも還《かえ》らぬ繰言《くりごと》である。護送の役をする同心は、傍《そば》でそれを聞いて、罪人を出した親戚眷族《しんせきけんぞく》の悲惨な境遇を細かに知ることが出来た。所詮《しょせん》町奉行の白洲《しらす》で、表向《おもてむき》の口供《こうきょう》を聞いたり、役所の机の上で、口書《くちがき》を読んだりする役人の夢にも窺《うかが》うことの出来ぬ境遇である。

同心を勤める人にも、種々《いろいろ》の性質があるから、この時只《ただ》うるさいと思って、耳を掩《おお》いたく思う冷淡な同心があるかと思えば、又しみじみと人の哀《あわれ》を身に引き受けて、役柄ゆえ気色《けしき》には見せぬながら、無言の中に私《ひそ》かに胸を痛める同心もあった。場合によって非常に悲惨な境遇に陥った罪人とその親類とを、特に心弱い、涙脆《もろ》い同心が宰領して行くことになると、その同心は不覚の涙を禁じ得ぬのであった。

そこで高瀬舟の護送は、町奉行所の同心仲間で、不快な職務として嫌《きら》われていた。

いつの頃であったか。多分江戸で(3)白河楽翁《しらかわらくおう》侯が政柄を執《と》っていた寛政の頃ででもあっただろう。智恩院の桜が入相の鐘に散る春の夕《ゆうべ》に、これまで類のない、珍しい罪人が高瀬舟に載せられた。

それは名を喜助《きすけ》と云って、三十歳ばかりになる、住所不定《ふじょう》の男である。固《もと》より牢屋敷に呼び出されるような親類はないので、舟にも只一人で乗った。

護送を命ぜられて、一しょに舟に乗り込んだ同心羽田庄兵衛《はねだしょうべえ》は、只喜助が弟殺しの罪人だと云うことだけを聞いていた。さて、牢屋敷から桟橋《さんばし》まで連れて来る間、この痩肉《やせじし》の、色の蒼白《あおじろ》い喜助の様子を見るに、いかにも神妙《しんびょう》に、いかにもおとなしく、自分をば公儀の役人として敬って、何事につけても逆わぬようにしている。しかもそれが、罪人の間に往々見受けるような、温順を装って権勢に媚《こ》びる態度ではない。

庄兵衛は不思議に思った。そして舟に乗ってからも、単に役目の表で見張っているばかりでなく、絶えず喜助の挙動に、細かい注意をしていた。

その日は暮方から風が歇《や》んで、空一面を蔽《おお》った薄い雲が、月の輪廓《りんかく》をかすませ、ようよう近寄って来る夏の温さが、両岸の土からも、川床の土からも、靄《もや》になって立ち昇るかと思われる夜であった。下京《しもきょう》の町を離れて、加茂川を横ぎった頃からは、あたりがひっそりして、只舳《へさき》に割かれる水のささやきを聞くのみである。

夜舟で寝ることは、罪人にも許されているのに、喜助は横になろうともせず、雲の濃淡に従って、光の増したり減じたりする月を仰いで、黙っている。その額は晴やかで目には微《かす》かなかがやきがある。

庄兵衛はまともには見ていぬが、終始喜助の顔から目を離さずにいる。そして不思議だ、不思議だと、心の中で繰り返している。それは喜助の顔が縦から見ても、横から見ても、いかにも楽しそうで、若《も》し役人に対する気兼《きがね》がなかったなら、口笛を吹きはじめるとか、鼻歌を歌い出すとかしそうに思われたからである。

庄兵衛は心の内に思った。これまでこの高瀬舟の宰領をしたことは幾度《いくたび》だか知れない。しかし載せて行く罪人は、いつも殆《ほとん》ど同じように、目も当てられぬ気の毒な様子をしていた。それにこの男はどうしたのだろう。遊山船《ゆさんぶね》にでも乗ったような顔をしている。罪は弟を殺したのだそうだが、よしやその弟が悪い奴《やつ》で、それをどんな行掛りになって殺したにせよ、人の情として好《い》い心持はせぬ筈《はず》である。この色の蒼い痩男《やせおとこ》が、その人の情と云うものが全く欠けている程の、世にも稀《まれ》な悪人であろうか。どうもそうは思われない。ひょっと気でも狂っているのではあるまいか。いやいや。それにしては何一つ辻褄《つじつま》の合わぬ言語《ことば》や挙動がない。この男はどうしたのだろう。庄兵衛がためには喜助の態度が考えれば考える程わからなくなるのである。

暫《しばら》くして、庄兵衛はこらえ切れなくなって呼び掛けた。「喜助。お前何を思っているのか」

「はい」と云ってあたりを見廻した喜助は、何事をかお役人に見咎《とが》められたのではないかと気遣《きづか》うらしく、居ずまいを直して庄兵衛の気色《けしき》を伺った。

庄兵衛は自分が突然問を発した動機を明《あか》して、役目を離れた応対を求める分疏《いいわけ》をしなくてはならぬように感じた。そこでこう云った。「いや。別にわけがあって聞いたのではない。実はな、己《おれ》は先刻《さっき》からお前の島へ往《ゆ》く心持が聞いて見たかったのだ。己はこれまでこの舟で大勢の人を島へ送った。それは随分いろいろな身の上の人だったが、どれもどれも島へ往くのを悲しがって、見送りに来て、一しょに舟に乗る親類のものと、夜どおし泣くに極《き》まっていた。それにお前の様子を見れば、どうも島へ往くのを苦にしてはいないようだ。一体お前はどう思っているのだい」

喜助はにっこり笑った。「御親切に仰《おっし》ゃって下すって、難有《ありがと》うございます。なる程島へ往くということは、外の人には悲しい事でございましょう。その心持はわたくしにも思い遣って見ることが出来ます。しかしそれは世間で楽をしていた人だからでございます。京都は結構な土地ではございますが、その結構な土地で、これまでわたくしのいたして参ったような苦みは、どこへ参ってもなかろうと存じます。お上《かみ》のお慈悲で、命を助けて島へ遣って下さいます。島はよしやつらい所でも、鬼の栖《す》むところではございますまい。わたくしはこれまで、どこと云って自分のいて好い所と云うものがございませんでした。こん度お上で島にいろと仰ゃって下さいます。そのいろと仰ゃる所に落ち著《つ》いていることが出来ますのが、先《ま》ず何よりも難有《ありがた》い事でございます。それにわたくしはこんなにかよわい体ではございますが、ついぞ病気をいたしたことはございませんから、島へ往ってから、どんなつらい為事《しごと》をしたって、体を痛めるようなことはあるまいと存じます。それからこん度島へお遣下さるに付きまして、二百文の(4)鳥目《ちょうもく》を戴《いただ》きました。それをここに持っております」こう云い掛けて、喜助は胸に手を当てた。遠島を仰せ附けられるものには、鳥目二百銅を遣《つかわ》すと云うのは、当時の掟《おきて》であった。

喜助は語《ことば》を続《つ》いだ。「お恥かしい事を申し上げなくてはなりませぬが、わたくしは今日まで二百文と云うお足《あし》を、こうして懐《ふところ》に入れて持っていたことはございませぬ。どこかで為事に取り附きたいと思って、為事を尋ねて歩きまして、それが見附かり次第、骨を惜まずに働きました。そして貰《もら》った銭は、いつも右から左へ人手に渡さなくてはなりませなんだ。それも現金で物が買って食べられる時は、わたくしの工面《くめん》の好《い》い時で、大抵は借りたものを返して、又跡《あと》を借りたのでございます。それがお牢に這《は》入《い》ってからは、為事をせずに食べさせて戴きます。わたくしはそればかりでも、お上に対して済まない事をいたしているようでなりませぬ。それにお牢を出る時に、この二百文を戴きましたのでございます。こうして相変らずお上の物を食べていて見ますれば、この二百文はわたくしが使わずに持っていることが出来ます。お足を自分の物にして持っていると云うことは、わたくしに取っては、これが始でございます。島へ往って見ますまでは、どんな為事が出来るかわかりませんが、わたくしはこの二百文を島でする為事の本手《もとで》にしようと楽んでおります」こう云って、喜助は口を噤《つぐ》んだ。

庄兵衛は「うん、そうかい」とは云ったが、聞く事毎《ことごと》に余り意表に出たので、これも暫く何も云うことが出来ずに、考え込んで黙っていた。

庄兵衛はかれこれ初老に手の届く年になっていて、もう女房に子供を四人生ませている。それに老母が生きているので、家は七人暮しである。平生《へいぜい》人には吝嗇《りんしょく》と云われる程の、倹約な生活をしていて、衣類は自分が役目のために著《き》るものの外、寝巻しか拵《こしら》えぬ位にしている。しかし不幸な事には、妻を好《い》い身代の商人の家から迎えた。そこで女房は夫の貰う(5)扶持米《ふちまい》で暮しを立てて行こうとする善意はあるが、裕《ゆたか》な家に可哀がられて育った癖があるので、夫が満足する程手元を引き締めて暮して行くことが出来ない。動《やや》もすれば月末になって勘定が足りなくなる。すると女房が内証で里から金を持って来て帳尻《ちょうじり》を合わせる。それは夫が借財と云うものを毛虫のように嫌うからである。そう云う事は所詮夫に知れずにはいない。庄兵衛は五節句だと云っては、里方から物を貰い、子供の七五三の祝だと云っては、里方から子供に衣類を貰うのでさえ、心苦しく思っているのだから、暮しの穴を塡《う》めて貰ったのに気が附いては、好い顔はしない。格別平和を破るような事のない羽田の家に、折々波風の起るのは、これが原因である。

庄兵衛は今喜助の話を聞いて、喜助の身の上をわが身の上に引き比べて見た。喜助は為事をして給料を取っても、右から左へ人手に渡して亡《な》くしてしまうと云った。いかにも哀な、気の毒な境界《きょうかい》である。しかし一転して我身の上を顧みれば、彼と我との間に、果してどれ程の差があるか。自分も上から貰う扶持米を、右から左へ人手に渡して暮しているに過ぎぬではないか。彼と我との相違は、謂《い》わば十露盤《そろばん》の桁《けた》が違っているだけで、喜助の難有がる二百文に相当する貯蓄だに、こっちはないのである。

さて、桁を違えて考えて見れば、鳥目二百文をでも、喜助がそれを貯蓄と見て喜んでいるのに無理はない。その心持はこっちから察して遣ることが出来る。しかしいかに桁を違えて考えて見ても、不思議なのは喜助の慾のないこと、足ることを知っていることである。

喜助は世間で為事を見附けるのに苦んだ。それを見附けさえすれば、骨を惜まずに働いて、ようよう口を糊《のり》することの出来るだけで満足した。そこで牢に入ってからは、今まで得難かった食が、殆ど天から授けられるように、働かずに得られるのに驚いて、生れてから知らぬ満足を覚えたのである。

庄兵衛はいかに桁を違えて考えて見ても、ここに彼と我との間に、大いなる懸隔のあることを知った。自分の扶持米で立てて行く暮しは、折々足らぬことがあるにしても、大抵出納《すいとう》が合っている。手一ぱいの生活である。然《しか》るにそこに満足を覚えたことは殆ど無い。常は幸《さいわい》とも不幸とも感ぜずに過している。しかし心の奥には、こうして暮していて、ふいとお役が御免になったらどうしよう、大病にでもなったらどうしようと云う疑懼《ぎく》が潜んでいて、折々妻が里方から金を取り出して来て穴塡《うめ》をしたことなどがわかると、この疑懼が意識の閾《しきい》の上に頭を擡《もた》げて来るのである。

一体この懸隔はどうして生じて来るだろう。只上《うわ》辺《べ》だけを見て、それは喜助には身に係累がないのに、こっちにはあるからだと云ってしまえばそれまでである。しかしそれは譃《うそ》である。よしや自分が一人者であったとしても、どうも喜助のような心持にはなられそうにない。この根柢はもっと深い処にあるようだと、庄兵衛は思った。

庄兵衛は只漠然《ばくぜん》と、人の一生というような事を思って見た。人は身に病《やまい》があると、この病がなかったらと思う。その日その日の食がないと、食って行かれたらと思う。万一の時に備える蓄《たくわえ》がないと、少しでも蓄があったらと思う。蓄があっても、又その蓄がもっと多かったらと思う。かくの如くに先から先へと考えて見れば、人はどこまで往って踏み止まることが出来るものやら分からない。それを今日の前で踏み止まって見せてくれるのがこの喜助だと、庄兵衛は気が附いた。

　庄兵衛は今さらのように驚異の目を睜《みは》って喜助を見た。この時庄兵衛は空を仰いでいる喜助の頭から毫光《ごうこう》(6)がさすように思った。

―――

　庄兵衛は喜助の顔をまもりつつ又、「喜助さん」と呼び掛けた。今度は「さん」と云ったが、これは十分の意識を以《もっ》て称呼を改めたわけではない。その声が我口から出て我耳に入るや否や、庄兵衛はこの称呼の不穏当なのに気が附いたが、今さら既に出た詞《ことば》を取り返すことも出来なかった。

「はい」と答えた喜助も、「さん」と呼ばれたのを不審に思うらしく、おそるおそる庄兵衛の気色を覗《うかが》った。

　庄兵衛は少し間の悪いのをこらえて云った。

「色々の事を聞くようだが、お前が今度島へ遣られるのは、人をあやめたからだと云う事だ。己に序《ついで》にそのわけを話して聞せてくれぬか」

　喜助はひどく恐れ入った様子で、「かしこまりました」と云って、小声で話し出した。「どうも飛んだ心得違で、恐ろしい事をいたしまして、なんとも申し上げようがございませぬ。跡で思って見ますと、どうしてあんな事が出来たかと、自分ながら不思議でなりませぬ。全く夢中でいたしましたのでございます。わたくしは小さい時に二親《ふたおや》が時疫(7)で亡くなりまして、弟と二人跡に残りました。初《はじめ》は丁度軒下に生れた狗《いぬ》の子にふびんを掛けるように町内の人達がお恵下さいますので、近所中の走使《はしりづかい》などをいたして、飢え凍えもせずに、育ちました。次第に大きくなりまして職を捜しますにも、なるたけ二人が離れないようにいたして、一しょにいて、助け合って働きました。去年の秋の事でございます。わたくしは弟と一しょに、西陣《にしじん》の織場《おりば》に這入りまして、空《そら》引《びき》と云うことをいたすことになりました。そのうち弟が病気で働けなくなったのでございます。その頃わたくし共は北山の掘立《ほったて》小屋同様の所に寝起《ねおき》をいたして、紙屋川《かみやがわ》の橋を渡って織場へ通っておりましたが、わたくしが暮れてから、食物などを買って帰ると、弟は待ち受けていて、わたくしを一人で稼《かせ》がせては済まない済まないと申しておりました。或る日いつものように何心なく帰って見ますと、弟は布団《ふとん》の上に突っ伏していまして、周囲《まわり》は血だらけなのでございます。わたくしはびっくりいたして、手に持っていた竹の皮包や何かを、そこへおっぽり出して、傍《そば》へ往って『どうしたどうした』と申しました。すると弟は真蒼《まっさお》な顔の、両方の頬《ほお》から腮《あご》へ掛けて血に染ったのを挙げて、わたくしを見ましたが、物を言うことが出来ませぬ。息をいたす度に、創口《きずぐち》でひゅうひゅうと云う音がいたすだけでございます。わたくしにはどうも様子がわかりませんので、『どうしたのだい、血を吐いたのかい』と云って、傍へ寄ろうといたすと、弟は右の手を床《とこ》に衝《つ》いて、少し体を起しました。左の手はしっかり腮の下の所を押えていますが、その指の間から黒血の固まりがはみ出しています。弟は目でわたくしの傍へ寄るのを留めるようにして口を利《き》きました。ようよう物が言えるようになったのでございます。『済まない。どうぞ堪忍してくれ。どうせなおりそうにもない病気だから、早く死んで少しでも兄きに楽がさせたいと思ったのだ。笛を切ったら、すぐ死ねるだろうと思ったが息がそこから漏れるだけで死ねない。深く深くと思って、力一ぱい押し込むと、横へすべってしまった。刃は飜《こぼ》れはしなかったようだ。これを旨《うま》く抜いてくれたら己《おれ》は死ねるだろうと思っている。物を言うのがせつなくって可《い》けない。どうぞ手を借して抜いてくれ』と云うのでございます。弟が左の手を弛《ゆる》めるとそこから又息が漏ります。わたくしはなんと云おうにも、声が出ませんので、黙って弟の喉《のど》の創を覗《のぞ》いて見ますと、なんでも右の手に剃刀《かみそり》を持って、横に笛を切ったが、それでは死に切れなかったので、そのまま剃刀を、剔《えぐ》るように深く突っ込んだものと見えます。柄《え》がやっと二寸ばかり創口から出ています。わたくしはそれだけの事を見て、どうしようと云う思案も附かずに、弟の顔を見ました。弟はじっとわたくしを見詰めています。わたくしはやっとの事で、『待っていてくれ、お医者を呼んで来るから』と申しました。弟は怨《うら》めしそうな目附をいたしましたが、又左の手で喉をしっかり押えて、『医者がなんになる、ああ苦しい、早く抜いてくれ、頼む』と云うのでございます。わたくしは途方に暮れたような心持になって、只弟の顔ばかり見ております。こんな時は、不思議なもので、目が物を言います。弟の目は『早くしろ、早くしろ』と云って、さも怨めしそうにわたくしを見ています。わたくしの頭の中では、なんだかこう車の輪のような物がぐるぐる廻っているようでございましたが、弟の目は恐ろしい催促を罷《や》めません。それにその目の怨めしそうなのが段々険しくなって来て、とうとう敵《かたき》の顔をでも睨《にら》むような、憎々しい目になってしまいます。それを見ていて、わたくしはとうとう、これは弟の言った通にして遣らなくてはならないと思いました。わたくしは『しかたがない、抜いて遣るぞ』と申しました。すると弟の目の色がからりと変って、晴やかに、さも嬉《うれ》しそうになりました。わたくしはなんでも一と思にしなくてはと思って膝《ひざ》を撞《つ》くようにして体を前へ乗り出しました。弟は衝いていた右の手を放して、今まで喉を押えていた手の肘《ひじ》を床に衝いて、横になりました。わたくしは剃刀の柄をしっかり握って、ずっと引きました。この時わたくしの内から締めて置いた表口の戸をあけて、近所の婆《ば》あさんが這入って来ました。留守の間、弟に薬を飲ませたり何かしてくれるように、わたくしの頼んで置いた婆あさんなのでございます。もうだいぶ内のなかが暗くなっていましたから、わたくしには婆あさんがどれだけの事を見たのだかわかりませんでしたが、婆あさんはあっと云ったきり、表口をあけ放しにして置いて駆け出してしまいました。わたくしは剃刀を抜く時、手早く抜こう、真直に抜こうと云うだけの用心はいたしましたが、どうも抜いた時の手応《てごたえ》は、今まで切れていなかった所を切ったように思われました。刃が外の方へ向いていましたから、外の方が切れたのでございましょう。わたくしは剃刀を握ったまま、婆あさんの這入って来て又駆け出して行ったのを、ぼんやりして見ておりました。婆あさんが行ってしまってから、気が附いて弟を見ますと、弟はもう息が切れておりました。創口からは大そうな血が出ておりました。それから年寄衆がお出《いで》になって、役場へ連れて行かれますまで、わたくしは剃刀を傍に置いて、目を半分あいたまま死んでいる弟の顔を見詰めていたのでございます」

少し俯向《うつむ》き加減になって庄兵衛の顔を下から見上げて話していた喜助は、こう云ってしまって視線を膝の上に落した。

喜助の話は好く条理が立っている。殆ど条理が立ち過ぎていると云っても好《い》い位である。これは半年程の間、当時の事を幾度も思い浮べて見たのと、役場で問われ、町奉行所で調べられるその度毎に、注意に注意を加えて浚《さら》って見させられたのとのためである。

庄兵衛はその場の様子を目《ま》のあたり見るような思いをして聞いていたが、これが果して弟殺しと云うものだろうか、人殺しと云うものだろうかと云う疑が、話を半分聞いた時から起って来て、聞いてしまっても、その疑を解くことが出来なかった。弟は剃刀を抜いてくれたら死なれるだろうから、抜いてくれと云った。それを抜いて遣って死なせたのだ、殺したのだとは云われる。しかしそのままにして置いても、どうせ死ななくてはならぬ弟であったらしい。それが早く死にたいと云ったのは、苦しさに耐えなかったからである。喜助はその苦を見ているに忍びなかった。苦から救って遣ろうと思って命を絶った。それが罪であろうか。殺したのは罪に相違ない。しかしそれが苦から救うためであったと思うと、そこに疑が生じて、どうしても解けぬのである。

庄兵衛の心の中には、いろいろに考えて見た末に、自分より上のものの判断に任す外《ほか》ないと云う念、オオトリテエ[8]に従う外ないと云う念が生じた。庄兵衛はお奉行様の判断を、そのまま自分の判断にしようと思ったのである。そうは思っても、庄兵衛はまだどこやらに腑《ふ》に落ちぬものが残っているので、なんだかお奉行様に聞いて見たくてならなかった。

次第に更《ふ》けて行く朧夜《おぼろよ》に、沈黙の人二人を載せた高瀬舟は、黒い水の面《おもて》をすべって行った。

【注釈】 (1)同心—町奉行所に勤める下級役人。(2)相対死—心中。(3)白河楽翁—松平定信。白河の藩主。一七八七年に老中となり、寛政の改革を行った。(4)鳥目—円形方孔の銅貨銭。鳥の眼に似ているところからこう呼ばれた。(5)扶持米—武士に給料として支払われる米のこと。(6)毫光—仏の白毫（びゃくごう）から四方にさす細い光。(7)時疫—流行病。(8)オオトリテエ—オーソリティ、権威。

森 鷗外（もり おうがい）

一八六二年（文久二）―一九二二年（大正一一）。現在の島根県鹿足郡に生まれる。代々続く典医の家柄で、第一大学区医学校（現在の東京大学医学部）に入学。卒業後、陸軍軍医となってから五年間ドイツに留学する。「舞姫」「うたかたの記」「文づかひ」の三篇はドイツでの影響が色濃く反映した作品。その後も、作家と軍医という二つの顔を持ちながら多くの作品を世に送り出す。

読書嫌いと言われる現代の高校生だが、どういうものか、この「高瀬舟」には強く惹きつけられるらしい。その理由としては、文学作品としては珍しく、安楽死（オイタナジー）が扱われているからかもしれない。今日の刑法学説は、一定の要件のもとに安楽死を許容するが、江戸時代にあって、それは明らかに殺人罪にほかならなかった。極限状況における安楽死をどう見るか、そのあたりの論理思考が、若者を経験したことのない思索に導き込むのであろう。だが、彼らを強く惹きつける本当の原因は、「喜助」の透き通るような人生観にあるのではないかと思われる。貧しさの中にあって、多くを求めずに自足し、遠島の生活さえ天の恵みとして受け止める喜助の生き様に彼らは惹かれる。豊かに暮らしながら、常に不満を抱きがちな自分を意識すればこそ、喜助の姿が対照的に映るのであろう。

なつかしの こくご問題

5 **「弟の言った通にして遣らなくてはならない」と思った喜助の考えを次のようにまとめました。（　）に正しい単語を入れ、文を完成させましょう**（2つ正解で3点）

このまま苦しい思いをさせるくらいなら、いっそ殺して（　）を取り除いてあげたほうが、（　）の為になるかもしれない。

高校

永訣の朝

宮沢賢治

けふのうちに
とほくへいつてしまふわたくしのいもうとよ
みぞれがふつておもてはへんにあかるいのだ
[1]（あめゆじゆとてちてけんじや）
うすあかくいつさう陰惨《いんざん》な雲から
みぞれはびちよびちよふつてくる
（あめゆじゆとてちてけんじや）
青い蓴菜《じゅんさい》のもやうのついた

これらふたつのかけた陶椀《たうわん》に
おまへがたべるあめゆきをとらうとして
わたくしはまがつたてつぱうだまのやうに
このくらいみぞれのなかに飛びだした
（あめゆじゆとてちてけんじや）
蒼鉛《さうえん》いろの暗い雲から
みぞれはびちよびちよ沈んでくる
ああとし子
死ぬといふいまごろになつて
わたくしをいつしやうあかるくするために
こんなさつぱりした雪のひとわんを
おまへはわたくしにたのんだのだ
ありがたうわたくしのけなげないもうとよ

わたくしもまつすぐにすすんでいくから
　（あめゆじゆとてちてけんじや）
はげしいはげしい熱やあえぎのあひだから
おまへはわたくしにたのんだのだ
　銀河や太陽、気圏などとよばれたせかいの
そらからおちた雪のさいごのひとわんを……
……ふたきれのみかげせきざいに
みぞれはさびしくたまつてゐる
わたくしはそのうへにあぶなくたち
雪と水とのまつしろな二相系《にさうけい》をたもち
すきとほるつめたい雫《しづく》にみちた
このつややかな松のえだから
わたくしのやさしいいもうとの

さいごのたべものをもらつていかう
わたしたちがいつしょにそだつてきたあひだ
みなれたちやわんのこの藍のもやうにも
もうけふおまへはわかれてしまふ
(Ora Orade Shitori egumo)
ほんたうにけふおまへはわかれてしまふ
あぁあのとざされた病室の
くらいびやうぶやかやのなかに
やさしくあをじろく燃えてゐる
わたくしのけなげないもうとよ
この雪はどこをえらばうにも
あんまりどこもまつしろなのだ
あんなおそろしいみだれたそらから

このうつくしい雪がきたのだ
　(うまれでくるたて
　　こんどはこたにわりやのごとばかりで
　　くるしまなあよにうまれてくる)
おまへがたべるこのふたわんのゆきに
わたくしはいまこころからいのる
どうかこれが[2]天上のアイスクリームになって
おまへとみんなとに聖い資糧をもたらすやうに
わたくしのすべてのさいはひをかけてねがふ

【注釈】(1)「あめゆじゆとてちてけんじや」―あめゆきとってきてください。(2)天上の～―「天上の～」から「～もたらすやうに」までは賢治による手入れを反映させたもの。現在の底本では、「どうかこれが兜率の天の食に変って／やがてはおまへとみんなとに／聖い資糧をもたらすことを」となっている。

宮沢賢治には、「献身」という言葉が最もふさわしい。彼ほど、他人に尽くす事を自らの喜びとした人間は少ないであろう。

その宮沢賢治が、誰よりも深く愛したのが妹であった。病弱な妹に、賢治は日夜心を砕く。妹はまた、この信頼できる兄に甘える。妹に愛され、甘えられる事は、賢治にとって何よりの喜びであったろう。

この「永訣の朝」は、妹が瀕死の病床にあった時の作品である。「あめゆじゆとてちてけんじや」（あめゆきとってきてください）と妹にせがまれ、賢治は「陶椀」に「あめゆき」を集めに行く。愛する者にせがまれ、ねだられる事は、人の最高の喜びであるかもしれない。だが、ねだっているのは、高熱にうかされ、今まさに死出の旅に旅立とうとしている最愛の妹である。これが「天上のアイスクリームになって」、妹と彼の世の仲間たちを潤すように、そう願う賢治の哀切は、愛する者を持つ人間の心に切なく響くのである。

なつかしの
こくご問題

6 **72ページ10行目の「二相系」とはどんな状態のことですか？ 25文字以内で答えてください**（10点）

小学校

おみやげ

星 新一

フロル星人たちの乗った一台の宇宙船は、星々の旅をつづける途中、ちょっと地球へも立ち寄った。しかし、人類と会うことはできなかった。なぜなら、人類が出現するよりずっと昔のことだったのだ。

フロル星人たちは宇宙船を着陸させ、ひと通りの調査をしてから、こんな意味のことを話しあった。

「どうやら、わたしたちのやってくるのが、早すぎたようですね。この星には、まだ、文明らしきものはない。最も知能のある生物といったら、サルぐらいのものなのです。もっと進化したものがあらわれるには、しばらく年月がかかります」

「そうか。それは残念だな。文明をもたらそうと思って立ち寄ったのに。しかし、このまま引きあげるのも心残りだ」

「どうしましょうか」

「おみやげを残して帰るとしよう」

フロル聖人たちは、その作業にとりかかった。金属製の大きなタマゴ型の容器を作り、そのなかにいろいろなものを入れたのだ。

簡単に星から星へと飛びまわれる、宇宙船の設計図。あらゆる病気をなおし、若がえることのできる薬の作り方。みなが平和に暮らすには、どうしたらいいかを書いた本。さらに、文字のできる薬の作り方。さらに、文字が通じないといけないので、絵入りの辞書をも加えた。

「作業は終わりました。将来、住民たちがこれを発見したら、どんなに喜ぶことでしょう」

「ああ、もちろんだとも」

「しかし、早くあけすぎて、価値のある物とも知らずに捨ててしまうことはないでしょうか」

「これは丈夫な金属でできている。これをあけられるぐらいに文明が進んでいれば、書いてあることを理解できるはずだ」

「そうですね。ところで、これをどこに残しましょう」

「海岸ちかくでは、津波にさらわれて海の底に沈んでしまう。山の上では、噴火したりするといけない。それらの心配のない、なるべく乾燥した場所がいいだろう」

フロル星人たちは、海からも山からもはなれた砂漠のひろがっている地方を選び、そこに置いて飛びたっていた。

砂の上に残された大きな銀色のタマゴは、昼間は太陽を反射して強く光り、夜には月や星の光を受けて静かに輝いていた。あけられる時を待ちながら。

長い長い年月がたっていった。地球の動物たちも少しずつ進化し、サルのなかまのなかから道具や火を使う種族、つまり人類があらわれてきた。

なかには、これを見つけた者があったかもしれない。だが、気味わるがって近よろうとはしなかったろうし、近づいたところで、正体を知ることはできなかったにちがいない。

銀色のタマゴはずっと待ちつづけていた。砂漠地方なので、めったに雨は降らなかった。もっとも、雨でぬれてもさびることのない金属でできていた。

時どき強い風が吹いた。風は砂を飛ばし、タマゴを埋めたりもした。しかし、埋めっぱなしでもなかった。べつな風によって、地上にあらわれることもある。これが何度となく、くりかえされていたのだった。

また、長い長い年月が過ぎていった。人間たちはしだいに数がふえ、道具や品物も作り、文明も高くなってきた。

そして、ついに金属製のタマゴの割れる日が来た。しかし、砂のなかから発見され、喜びの声とともに開かれたのではなかった。下にそんなものが埋まっているとは少しも気づかず、その砂漠で原爆実験がおこなわれたのだ。

その爆発はすごかった。容器のそとがわの金属ばかりでなく、なかにつめてあったものまで、すべてをこなごなにし、あとかたもなく焼きつくしてしまったのだ。

星　新一（ほし しんいち）

一九二六年（大正一五）―一九九七年（平成九）。東京都に生まれる。東京大学農学部を卒業。一九六八年、「妄想銀行」で第二十一回日本推理作家協会賞を受賞。独創性溢れるＳＦ作品の数々は世界各国でも翻訳された。その後も、時代小説、伝記など多彩な作品を執筆、ショートショートの第一人者として千本を越える作品を残した。

遺伝学者は、ＤＮＡを研究する中で「これは自然に生み出されたものではなく、遺伝情報を書いた何ものかが存在する」事を確信するという。彼らはそれを、Something Greatと呼ぶのだが、「おみやげ」は、人類発生以前の知性体の存在を前提にしている点で、童話ながら、壮大なスケールの物語である。

「フロル星人」たちは、人類出現以前の地球を訪れ、金属の卵を砂漠に遺して去っていく。中には、最高の文明を伝達しようとする、さまざまな資料が詰まっている。膨大な年月の果てに、この卵を割るに足る力量を持つ人類が出現するが、ある日、それは、砂漠の核実験で跡形もなく消失してしまう。もしかすると、「フロル星人たち」たちこそ、遺伝子情報を書いたSomething Greatだったのではないか、そんな想像を掻き立てられる作品である。

中学校

レモン哀歌

高村光太郎

そんなにもあなたはレモンを待つてゐた
かなしく白くあかるい死の床で
わたしの手からとつた一つのレモンを
あなたのきれいな歯ががりりと噛んだ
トパアズいろの香気が立つ
その数滴の天のものなるレモンの汁は
ぱつとあなたの意識を正常にした
あなたの青く澄んだ眼がかすかに笑ふ

わたしの手を握るあなたの力の健康さよ
あなたの咽喉に嵐はあるが
かういふ命の瀬戸ぎはに
智恵子はもとの智恵子となり
生涯の愛を一瞬にかたむけた
それからひと時
昔山巓《さんてん》でしたやうな深呼吸を一つして
あなたの機関はそれなり止まつた
写真の前に挿した桜の花かげに
すずしく光るレモンを今日も置かう

高村光太郎（たかむら こうたろう）

一八八三年（明治一六）―一九五六年（昭和三一）。彫刻家の息子として東京に生まれる。東京美術学校彫刻科卒業。ロダンの作品の写真を見て衝撃を受け、二十四歳の時にアメリカで彫刻を学ぶ。一九一四年に三十二歳で詩集『道程』を自費出版。その後、一九四一年に、亡き妻・智恵子との愛の軌跡を綴った詩集『智恵子抄』を刊行。

高村光太郎は、七年の長きにわたり、精神分裂病の妻を愛し続ける。若く美しく可憐な妻とはいえ、人間としての主体そのものさえ不安定な妻への愛は、読む者の胸に切ない。

その妻が、ある日、しきりにレモンを欲しがる。幼子のように、ただひたすらにレモンをねだったのであろう。そのレモンをやっと手に入れて、「がりりと噛んだ」とき、立ち上る「トパアズいろの香気」に、彼女の意識は正常さを取り戻す。昔見つめ続けた、「青く澄んだ目」で「わたし」を見つめ、彼女は、「手を握る力」の健康さすら示す。つかの間の喜びに、彼女は生涯の愛を傾けるのであるが、それも一瞬、妻は作者のもとを永遠に去っていく。

愛は常に幾ばくかの悲しみを伴うものではあるが、それにしても、「レモン哀歌」に語られる愛は、あまりに切なく、哀し過ぎる愛なのではないだろうか。

なつかしのこくご問題

7 時間的な構成でこの詩を2つの段落に分けるとすれば、どこで切るのが良いでしょう？ 後半の始まりとなる5文字を抜き出してください（4点）

小学校

最後の授業

アルフォンス＝ドーデ（作）
松田　穰（訳）

今から百年ほど前、フランスが、プロシアとの戦いに敗れて、(1)アルザス・ロレーヌの二州を失ったときの物語。

その日の朝、ぼくは、学校へでかけるのが、たいへんおそくなった。そのうえ、アメル先生から、動詞について質問すると言われていたのに、ぼくは全然勉強していなかったので、しかられるのがこわくてしようがなかった。ふと、学校を休んでどこことなく歩きまわろうかなという考えがうかんだ。

空はよく晴れて暖かかった。森のはずれでさえずるつぐみの声や、製材所の裏の原っぱでプロシア兵が教練をしている声などが聞こえてきた。それは、動詞の規則などよりずっとぼくの心をひきつけたが、やっとのことでがまんして、学校さして、いちもくさんにかけだした。

役場の前を通りかかったとき、金あみの張ってある小さなけいじ板のそばに、大ぜいの人が立っているのに気がついた。ここ二年間というもの、あらゆる悪い知らせ——たとえば敗戦とか、物資の供出とか、プロシア軍司令部からの命令とかがわれわれに伝えられたのは、いつも、このけいじ板からだった。

「また、何かあるのかな？」

と思ったが、ぼくは立ち止まろうともせず、そのまま走りながら、その広場を横切ろうとした。すると、でしといっしょにけいじを読んでいた、かじ屋のバシュテルさんが、大声でぼくに言った。

「そんなに急ぐんじゃないよ、ぼうや。学校へは、今からでもじゅうぶんまにあうさ。」

ぼくは、おじさんがからかっているのだと思った。そして、アメル先生の学校の小さい校庭に、息をはずませながらはいっていった。

いつもだと、授業の始まるころは、たいへんさわがしくて、机の上げ板をあける音、しめる音、宿題に出された暗記ものをまちがいなく言えるように、てんでに耳をふさぎながらくり返し暗唱する大きな声、先生が、大きな定規で机をたたく音、そして、「少し静かに！」という先生の声などが入りまじって、道路の方まで聞こえてくるのだった。ぼくは、いつものこういったさわがしさにまぎれて、だれにも気づかれずに、じぶんの席までたどり着こうと、あてにしていた。

ところが、どうしたというのだろう、その日に限って、あたりは、日曜日の朝のようにしんとしている。友だちは、めいめいの席にもうきちんとすわっていて、アメル先生がおそろしい鉄の定規をかかえて、教室を行ったり来たりしているのが、あけ放された窓ごしに見える。この静まりかえった教室の中へ、ドアをあけてはいっていかなければならない……。思ってもみてください、どんなにぼくが顔を赤くし、どんなに縮みあがっていたかを！

ところが意外だった。アメル先生は、すこしもおこらずにぼくをみつめて、おだやかにこう言われた。

「フランツ、早く席に着きなさい。きみを待ちきれずに、もう少しで授業を始めるところだった。」

ぼくは、こしかけをまたいで、すぐにじぶんの席に着いた。おそろしさが少しずつ収まると、そのとき初めて、先生の服装《ふくそう》に気がついた。上等のフロックコート、細かいひだのついた、はばの広いネクタイ、ししゅうのしてある、黒い絹のぼうし……こういった服装を先生がなさるのは、視学官(2)の視察の日とか、賞品授与《じゅよ》式のときだけだった。それに、教室全体に、いつもとちがった、おごそかな何かがただよっていた。

だが、いちばんぼくをびっくりさせたのは、教室のおくの、いつもはあいたままになっているこしかけに、ぼくたちと同じようにだまってすわっている、村の人々の姿が見えたことだった。三角帽《ぼう》を持ったオーゼじいさん、元の村長さん、元の郵便屋さん、まだまだそのほか大ぜいの人たち。みんな悲しそうだった。オーゼじいさんは、ふちがぼろぼろになった古い一年生の教科書を持ってきていて、その本をひざの上に大きく開き、両方のページにかかるように、大きなめがねをのせていた。

こういったいっさいのことに、ぼくがびっくりしている間に、アメル先生は、もう教壇《きょうだん》に登っていられた。そして、ぼくを教室にむかえ入れてくださったときと同じ、優しく重々しい声で、ぼくたちみんなに話された。

「みなさん、わたしがみなさんを教えるのは、これが最後です。……ベルリンから命令が来て、これからは、アルザスとロレーヌの学校では、ドイツ語以外は教えてはならないことになりました。……新任の先生は、あす着くことになっています。きょう、これが、みなさんのフランス語の最後の授業です。どうか、よく注意して聞いてください。」

この先生のことばを聞いて、ぼくは、一しゅん、耳を疑った。ああ！　あのいやなやつらめ。やつらが役場にけいじをしておいたことは、これだったのだな。

ああ、フランス語の最後の授業！

ところが、このぼくは、まだフランス語がろくに書けないのだ。これでは、永久に、書くことは習えないかもしれないぞ。すると、今より上達することはありえないのだ！　むだにつぶした時間、小鳥の巣《す》をさがしまわったり、ザール川でスケートをするために授業をずる休みしたりしたことが、今になって、どれほどうらめしいことか！

つい今しがたまで、あれほどたいくつで、持つのも重く感じられていた教科書、文法の本や聖書の物語の本などが、急に、別れ難いおさな友だちのように思われてきた。アメル先生に対しても同じことだ。先生は、もうじき去っていかれるのだ。もう二度と会えないだろうと考えると、ばつを受けたことも、定規でたたかれたことも、ぼくの頭からすっかり消えてしまっていた。

お気の毒な先生！

先生が晴れ着を着てこられたのは、まさしく、この最後の授業のためだったのだ。今になって、ぼくは、村の人々がここへ来て、教室のすみにすわっていたわけものみこめた。それは、あの人たちが、もっとたびたびこの学校に来ればよかったとくやんでいることの表われのようであった。また、それは、四十年におよぶアメル先生の熱心な教育に対する感謝のしるしでもあり、今まさにはなれていこうとする祖国に対して、尊敬の気もちを表わすためのようでもあった。

そんな思いにふけっていたとき、とつぜん、ぼくの名が呼ばれた。ぼくの暗唱する順番だった。

あのややっこしい動詞の規則……大きい声ではっきりと、一つもまちがえずにすらすらと言えるためなら、ぼくは、どんなだいじなものだって、おしげもなく人にあげてしまっただろう。だが、ぼくは、最初のところで、もうつかえてしまった。そして、じぶんの席のわきで、からだをゆらしながら立ちすくむだけだった。泣きたいような気もちで、顔も上げられなかった。

先生の声がひびいた。

「フランツ。わたしはもう、きみをしかりはしないよ。きみは、じゅうぶん、ばつを受けているにちがいない……そら、そんなふうにね。……われわれは、いつも心の中で思っている。『なあに、ひまはたっぷりあるさ。あした勉強すればいい。』って。そうしているうちに、じぶんの身に何がおこったかは、今わかったろうね。ああ！ いつも教育をあすにのばしてきたことが、アルザスの大きな不幸だったのだ。今、われわれは、あのプロシアの連中から、『なんだい。おまえさんたちはフランス人だといばっていたくせに、じぶんの国のことばを、満足に話すことも書くこともできないじゃないか！』こう言われても、しかたがあるまい。」

先生のことばは、なお続いた。

「だが、こうなったからといって、ねえ、フランツ、きみだけが悪いというわけではない。われわれもみんな、非難されなければならないのだ。きみたちの両親は、きみたちが教育を受けてりっぱな人になるのを、心から望んでいただろうか。わずかのお金のために、きみたちを畑や工場へ働きに出すほうがいいと思ってはいなかっただろうか。……わたし自身にも、反省すべきことが、いくらもある。勉強の代わりに、きみたちに庭の草花の手入れをさせたことが、何度もありはしなかったか。やまめをつりにでかけたくて、学校を休みにしたことはなかったか。……」

それから、アメル先生は、フランス語について、次から次へと、ぼくたちに話してくださった。——フランス語は、世界でいちばん美しい、いちばんわかりやすい、いちばん整ったことばであることを。——フランス語は、ぼくたちの間で守りぬかなければならないし、けっして見捨ててはならない。なぜなら、ある国民がよその国のどれいに転落したときでも、じぶんの国のことばを捨てない限りは、じぶんが閉じこめられているろうごくのかぎをにぎっているようなものだからであることを。……

それから、先生は、文法の教科書を手に取って、ぼくたちのために、宿題のところを読まれた。あまりよくわかるので、ぼくはおどろいた。先生のおっしゃることは、何から何まで、非常にやさしく思われた。それまで、ぼくがこれほどいっしょうけんめいに、先生のお話を聞いたためしがなかったのも確かだが、先生がこのときほどしんぼう強く説明されたこともなかったと思う。

この学校を去っていく前に、先生は、じぶんの知識のすべてを、ぼくたちに授けつくそうとしていられるようだった。

その授業が終わると、次は習字の時間だった。アメル先生は、この日のために、新しい手本を用意していらっしゃった。それには、丸みのあるきれいな字で、「フランス、アルザス、フランス、アルザス」と書かれていた。生徒たちひとりひとりの机に手本の紙が配られ、止め金につり下げられると、まるで、教室じゅうに小さな旗がひるがえっているようだった。

みんながどんなにしんけんだったか、どんなに静かだったか、人に見てもらいたいくらいだった。紙の上をペンがきしる音のほかは、何一つ、物音は聞こえなかった。一しゅん、こがね虫が数ひき、教室に飛びこんできた。だが、だれも気をとられなかった。いちばん年下の下級生たちまで、習い始めの運筆練習[3]を、一心に続けていた。まるでそれもフランス語のうちだと言わんばかりに、心をこめていっしょうけんめいに……。

学校のやねの上では、数羽のはとが、のどを鳴らして、低い声で鳴いていた。ぼくは、耳をすましながら、

「そのうち、あのはとたちまで、ドイツ語で鳴くように命令されるんじゃないかしら。」

と、心の中でふと思った。

ときおり、ノートから目を上げると、教壇でじっとしているアメル先生の姿が見えた。先生は、じぶんのまわりのものに、じっと目を注いでいられた。それはまるで、先生が、その小さな学校の建物全体を、じぶんの目の中に納めて、いっしょに持ち去ろうとでもしているように思われた。考えてもごらんなさい！　四十年間というもの、先生は、ずっとこの同じ場所に立ち、正面の運動場をながめ、少しも変わらないこの教室とともにくらしてこられたのだから……。

使い古され、すり減った机やこしかけ、先生が校庭に植えられた木々……こうしたいっさいのものからはなれていくというのは、お気の毒な先生にとって、胸のつぶれるようにつらいことだったろう。しかも、二階では、先生の妹さんが、出発の荷作りを始められたらしく、へやを行ったり来たりする足音が聞こえてきたことも、先生に、つらい思いをつのらせたことだろう。先生たちは、あすはここをたって、この土地から永久に去らなければならないのだから！

それでも、先生は、勇気を奮い起こして、最後まで授業をしてくださった。習字が済むと、歴史の時間だった。そのあと、いちばん年下の生徒たちは、「バ・ブ・ビ・ボ・ビュ」の歌を、みんないっしょに歌った。教室の後ろでは、オーゼじいさんが、めがねをかけて、一年生の読本を両手で持って、小さい生徒たちといっしょに、アルファベットの文字を一字ずつ、声に出して読んでいた。ぼくには、じいさんのしんけんさがよくわかった。じいさんの声は、感動にふるえていた。その声を聞いていると、ぼくたちはみんな、笑いだしたいような、泣きだしたいような気もちになった。ああ、ぼくは、いつまでも忘れないだろう、この最後の授業のことを……。

ふいに、教会の大時計が十二時を打ち、続いてアンジェラス[4]のかねが鳴った。と同時に、教練から帰ってきたプロシア兵たちのらっぱの音が、教室の窓の下でひびきわたった。

アメル先生は、教壇に立ち上がられた。まっさおだった。そのときほど、先生が大きく見えたことはなかった。

「みなさん、」

と、先生は口を切られた。

「みなさん、わたし……わたしは……」

何ものかが、先生ののどをつまらせた。先生は、それなり、あとを続けることができなかった。

先生は、急に黒板の方へ向き直ると、チョークを一本にぎりしめた。そして、ありったけの力をこめて、できるだけ大きい字で、

「ビブ・ラ・フランス！」[5]

と書かれた。

そのあと、先生は、かべに顔をもたせかけ、そのままの姿勢でじっとしていられた。

そして、何も言えないで、片手でぼくたちにあいずをされた。

「これで終わり。……みなさん、お帰りなさい。」

【注釈】(1)アルザス・ロレーヌ―フランスとドイツの国境で、両国の間で幾度も占領が繰り返された地方。(2)視学官―学校の教育のようすを調べ、指導する人。(3)運筆練習―直線や曲線をくり返して引き、ペンの運びに慣れるための練習。(4)アンジェラスのかね―朝・昼・夜の、おいのりの時こくを知らせるかね。(5)「ビブ・ラ・フランス！」―フランスばんざい！

アルフォンス＝ドーデ

一八四〇年（天保一一）―一八九七年（明治三〇）。南フランスのプロヴァンス州ニームに生まれる。十三歳の頃から詩作を始める。その後、戯曲、小説を中心に執筆活動を行う。「最後の授業」は、短編集『月曜物語』に収録されている。本書掲載の作品は、学校図書の教科書のために、新たに松田穣氏によって訳されたもの。

フランス北東部のアルザス・ロレーヌ地方は、ドイツとの国境にあり、地下資源に恵まれた地域である。プロイセンは、一八七一年、フランスとの戦争に勝利すると、この二つの地域の割譲を要求し、そこに住む十六万の人々は、フランスの他の地域やアルジェリアに移住した。

プロイセンは、アルザス・ロレーヌ地方を獲得すると、この地域の学校で、フランス語を教えることを固く禁じた。人は話すときに言葉を用いるだけではなく、考えるときにも言葉を使う。言葉がなければ思考もない。だから言葉は、人間性や民族性の存在根拠であるとも言えるであろう。

故国を追われる高齢のアメル先生が、どれほど悲痛な思いを、フランス語とアルザスに残る幼い世代に託していたか、その事を思いつつ味わいたい作品であろう。

高校

初恋

島崎藤村

まだあげ初《そ》めし前髪《まへがみ》の
林檎《りんご》のもとに見えしとき
前にさしたる花櫛《はなぐし》の
花ある君と思ひけり

やさしく白き手をのべて
林檎をわれにあたへしは
薄紅《うすくれなゐ》の秋の実に
人こひ初《そ》めしはじめなり

わがこゝろなきためいきの
その髪の毛にかゝるとき
たのしき恋の盃《さかづき》の
君が情《なさけ》に酌《く》みしかな

林檎畑の樹《こ》の下に
おのづからなる細道は
誰《た》が踏みそめしかたみぞと
問ひたまふこそこひしけれ

島崎藤村（しまざき とうそん）

一八七二年（明治五）―一九四三年（昭和一六）。長野県生まれ。明治学院を卒業後、一八九七年、瑞々しく恋心を歌い上げた処女詩集『若菜集』によって名声を高める。以後、『一葉舟』『夏草』『落梅集』を発表した。同時に小説の執筆も開始し、一九〇六年に自費出版にて『破戒』を発表。自然主義の小説として賞賛され、作家としての地位を確立。

島崎藤村の作品には、『破戒』『夜明け前』等のすぐれた小説もあるが、彼の真骨頂は、その美しい韻律詩にあるのではないかと思われる。『若菜集』『一葉舟』『落梅集』等の韻律に富む詩を朗唱し、その美しさに感動したことのない人は、少ないのではあるまいか。「初恋」は、メロディを付され、藤村を知らない人々にまで愛唱された。藤村は、恋多き人であった。東北の女学校教師であった時代には、教え子との恋に落ちて職場を去る。後年は、姪との「不倫」事件からフランスに逃れる。考えてみれば、恋は藤村文学のオリジンであったのかもしれない。

この詩も、彼の若き日の哀切を託したものとして、読む者の胸を打つ。長野県の名家に生まれ、信州をこよなく愛した藤村にとり、林檎は、格別の思いにつながるものだったのであろう。「初恋」を愛誦するとき、誰の胸にも若き日の切ない思い出が蘇って来る。

なつかしの こくご問題

8 この作品で用いられている詩の形式は次のうちどれでしょう？（3点）

ア．文語定型詩　イ．文語自由詩
ウ．口語定型詩　エ．口語自由詩

中学校

屋根の上のサワン

井伏鱒二

おそらく気まぐれな狩猟家か悪戯《いたずら》ずきな鉄砲うちかが狙《ねら》い撃ちにしたものに違いありません。わたしは沼池の岸で一羽のがんが苦しんでいるのを見つけました。がんはその左の翼を自らの血潮でうるおし、満足な右の翼だけを空《むな》しく羽ばたきさせて、青草の密生した湿地で悲鳴をあげていたのです。

わたしは足音を忍ばせながら傷ついたがんに近づいて、それを両手に拾いあげました。そこで、この一羽の渡り鳥の羽毛や体の温かみはわたしの両手に伝わり、この鳥の意外に重たい目方は、そのときのわたしの思い屈した心を慰めてくれました。わたしはどうしてもこの鳥を丈夫にしてやろうと決心して、それを両手に抱えて家へ持って帰りました。そして部屋の雨戸を閉めきって、五燭《しょく》の電気の光の下でこの鳥の傷の治療にとりかかりました。

けれどがんという鳥は、ほの暗いところでも目が見えるので、洗面器の石炭酸やヨードホルム

の瓶《びん》を足蹴《あしげ》にして、わたしの手術しようとする邪魔をします。そこで少しばかり手荒ではありましたが、わたしはかれの両足を糸で縛り、暴れるかれの右の翼をその胴体に押しつけて、そうして細長いかれの首をわたしの胯《また》の間にはさみ、

「じっとしていろ！」

としかりました。

ところが、がんはわたしの親切を誤解して、治療が終るまで、わたしの胯の間からは、あの秋の夜ふけに空を渡るのと同じがんの声が、しきりにきこえるのでありました。

治療が終ってからも、わたしは傷口の出血がとまるまでかれを縛ったままにしておきました。さもなければかれは部屋の中をあばれまわって、傷口にごみの入るおそれがありました。

わたしは治療の結果が心配でした。手術の器械などわたしは持っていないので、鉛筆けずりの小刀でもって、かれの翼から四発の散弾をほじくり出し、その傷口を石炭酸で洗って、ヨードホルムをふりかけておきました。六発の散弾が翼の肉の裏側から入り込んで、そのうちの二発は肉を裏から表に突きぬけていました。たぶんこの鳥を狙い撃ちにした男は、がんが空に舞い上がったところを見て、銃の引金を引いたのでしょう。そしてたまに当たったがんは、空から斜めに落ちて来て、負傷のいたでがなおるまで青草の上で休んでいるつもりでいたのでしょう。ちょうど

そこへわたしが通りかかったわけで、そのときわたしは、ことばに言いあらわせないほどくったくした気持で沼池のほとりを散歩していたのです。

わたしは、縛ったままのがんを部屋のなかに置きざりにして、隣の部屋で石炭酸のにおいのする手を洗い、がんに与えるえさをつくりました。けれどわたし自身たいへん疲れているのに気がついて、わたしは火ばちにもたれて眠ることにしました。こういう眠りというものはしばしば意外に長い居眠りとなってしまいます。

わたしは真夜中ごろになって目をさましました。けたたましいがんの鳴き声によって目がさめたのです。隣の部屋で、傷ついたがんはかんだかく、短く三度ほど鳴きました。足音を忍ばせてふすまの隙間《すきま》からのぞいて見ると、がんは足や翼を縛られたまま、五燭の電燈《でんとう》の方に首をさしのべて、もう一度鳴いてみたいような様子をしていました。おそらくこの負傷した渡り鳥は、電燈のあかりを夜ふけの月と見違えたのでしょう。

がんの傷がすっかり直ると、わたしはこの鳥の両方の翼を羽だけ短く切って、家で放し飼いにすることにしました。これは馴《な》れると非常に人なつこい鳥でした。わたしが外出するときには門の出口までわたしのあとをつけて来るのです。夜ふけになると家のぐるりを歩きまわり、あたかも飼犬がその飼主に仕えるのと少しも変りませんでした。わたしはこの鳥にサワンという名前をつけ、野道や沼池への散歩に連れて行きました。

「サワン！　サワン！」

サワンは眠そうな足どりでわたしのあとについてきます。

沼池は、すでに初夏の装いをしていました。その岸にはわたしの背たけとほとんど同じ高さに細い茎の青草が茂り、水面には多くの水草の広い葉や純白の花が成育していました。サワンはどうやらこの沼池を好んだらしいのです。かれは水にすべりこむと、短い翼で羽ばたきしたり尾を振ったりして、かれがこの水浴に飽きてしまわなければ、わたしがいくら呼んでも水から上がって来ませんでした。そういうとき、わたしは草むらに寝ころんで常にわたし自身の考えにふけるのがならわしでした。なるほど、わたしはサワンの水浴を見守るために沼池へ出かけたのではなく、わたしのくったくした思想を追いはらうために散歩に出かけたのです。

サワンは水面に浮ぶことを好んだばかりでなく、水にもぐることをも好みました。時としては何分間も水中にひそんでいることさえありました。しかし、がんという鳥は、もともと昼間の光線や太陽熱を好まないもののようでした。わたしがサワンをうっちゃっておくときには、かれは終日、廊下の下にうずくまって昼寝ばかりするならわしでした。そして夜になると（わたしは庭の木戸を閉じてかれが逃亡しないしかけにしておいたのですが）サワンは垣根《かきね》を破ろうとしたり木戸を飛び越えようとしたりして、なかなか元気さかんでした。

やがて夏が過ぎ、秋になって、ある日のことでした。それは夜ふけて降りだした激しい雨があがったあとでした。わたしは寝巻の上にどてらを羽織って、その日の午後にせんたくしてかわききらなかった足袋をよくかわかそうとして、火ばちの炭火であぶっているところでした。こんな場合にはだれしも自分自身だけの考えにふけったり、ふところ手をしたりして、あすの朝は早く起きてやろうなぞと考えがちなものです。そうして炭火であぶっているたびが焦《こ》げくさくなっているのに気がつかないことさえあります。そのときわたしは、サワンのかんだかい鳴き声を聞きました。その鳴き声は夜ふけの静けさをものものしい騒がしさに転じさせ、たしかに戸外では何かサワンの神経を興奮させる事件が起っているのだと気がつきました。

わたしは窓を開いて見ました。

「サワン！　大きな声で鳴くな」

けれどサワンの悲鳴はやみませんでした。窓の外の木立はまだこずえにそれぞれ雨滴をため、もしも幹に手を触れると幾百もの露が一時に降りそそいだでありましょう。けれど、すでによく晴れわたった月夜でありました。

わたしは外に出て見ました。するとサワンは屋根のむねに出て、その長い首を空に高くさし伸べて、かれとしてはできるかぎり大きな声で鳴いていたのです。かれが首をさし伸ばしている方角の空には、夜ふけになって上る月のならわしとして、赤くよごれたいびつな月が出ていました。そうして、月の左手から右手の方向にむかって、夜空に高く三羽のがんが飛んでいるところでした。わたしは気がつきました。この三羽のがんとサワンは、空の高いところと屋根の上で、互いに声に力をこめて鳴きかわしていたのです。サワンがたとえば声を三つに切って鳴くと、三羽のがんのいずれかが声を三つに切って鳴き、かれらは何かを話しあっていたのに違いありません。察するところサワンは三羽の僚友たちにむかって、

「わたしもいっしょに連れて行ってくれ！」

と叫んでいたのでありましょう。

わたしはサワンが逃げ出すのを心配して、かれの鳴き声にことばをさしはさみました。

「サワン！　屋根から降りてこい！」

サワンの態度はいつもとちがい、かれはわたしの言いつけを無視して三羽のがんに鳴きすがるばかりです。わたしは口笛を吹いて呼んでみたり両手で手招きしたりしていましたが、ついにた

まらなくなって、棒ぎれで庭木の枝をたたいてどならなければならなくなりました。

「サワン！　おまえはそんな高いところへ登って、危険だよ。早く降りてこい。こら、おまえどうしても降りてこないのか！」

けれどサワンは、三羽の僚友たちの姿と鳴き声がまったく消え去ってしまうまで、屋根の頂上から降りようとはしなかったのです。もしこのときのサワンのありさまをながめた人があったならば、おそらく次のような場面を心に描くことができるでしょう——遠い離れ島に漂流した老人の哲学者が、十年ぶりにようやく沖を通りすがった船を見つけたときの有様——を人々は屋根の上のサワンの姿に見ることができたでしょう。

サワンがふたたび屋根などに飛び上がらないようにするためには、かれの足をひもで結んで、ひもの一端を柱にくくりつけておかなければならないはずでした。けれどわたしはそういう手荒なことを遠慮しました。かれに対するわたしの愛着を裏切って、かれが遠いところに逃げ去ろうとはまるで信じられなかったからです。わたしはかれの翼の羽を、それ以上に短くすれば傷つくほど短く切っていたのです。あまりかれを苛酷《かこく》に取り扱うことをわたしは好みませんでした。

ただわたしは翌日になってから、サワンをしかりつけただけでした。

「サワン！　おまえ、逃げたりなんかしないだろうな。そんな薄情なことはよしてくれ」

わたしはサワンに、かれが三日かかっても食べきれないほど多量のえさを与えました。

サワンは、屋根に登って必ずかんだかい声で鳴く習慣を覚えました。それは月の明かるい夜にかぎり、そして夜ふけにかぎられていました。そういうとき、わたしは机にひじをついたまま、または夜ふけの寝床の中で、サワンの鳴き声に答えるところの夜空を行くがんの声に耳を傾けるのでありました。その声というのは、よほど注意しなければ聞くことができないほど、そんなにかすかながんの遠音です。それは聞きようによっては、夜ふけそれ自体が孤独のためにうち負かされてもらす歎息《たんそく》かとも思われ、もしそうだとすればサワンは夜ふけの歎息と話をしていたわけでありましょう。

その夜は、サワンがいつもよりさらにかんだかく鳴きました。ほとんど号泣に近かったくらいです。けれどわたしは、かれが屋根に登ったときにかぎってわたしのいいつけを守らないことを知っていたので、外に出てみようとはしませんでした。机の前にすわってみたり、早くかれの鳴き声がやんでくれればいいと願ったり、あすからはかれの羽を切らないことにして出発の自由を与えてやらなくてはなるまいなどと考えたりしていたのです。そうしてわたしは寝床にはいってからも、たとえばものすごい風雨の音を聞くまいとする幼児が眠るときのように、ふとんを額のところまでかぶって眠ろうと努力しました。それゆえ、サワンの号泣はもはや聞こえなくなりましたが、サワンが屋根の頂上に立って空を仰いで鳴いている姿は、わたしの心の中から消え去ろうとしませんでした。そこでわたしの想像の中に現われたサワンもかんだかく鳴き叫んで、実際にわたしを困らせてしまったのでありました。

わたしは決心しました。あすの朝になったら、サワンの翼に羽の早く生じる薬品を塗ってやろう。新鮮な羽は、かれの好みのままの空高くへかれを飛び立たせるでしょう。万一にもわたしに古風な趣味があるならば、わたしはかれの足にブリキの指輪をはめてやってもいい。そのブリキには、「サワンよ、月明の空を、高く楽しく飛べよ」ということばを小刀で彫りつけてもいい。

翌日、わたしはサワンの姿が見えないのに気がつきました。

「サワン、出てこい！」

わたしは狼狽《ろうばい》しました。廊下の下にも屋根の上にも、どこにもいないのです。そしてトタンのひさしの上には一本の胸毛が、あきらかにサワンの胸毛であったのですが、トタンの継ぎ目にささって朝の微風にそよいでいます。わたしは急いで沼池へ捜しに行きました。

そこにもサワンはいないらしい気配でした。岸にはえている背の高い草は、その茎の先にすでに穂をつけて、わたしの肩や帽子に綿毛の種子が散りそそいだのであります。

「サワン、サワンいないか。いるならば、出てきてくれ！　どうか頼む、出てこい！」

水底には植物の朽ちた葉が沈んでいて、サワンは決してここにもいないことがわかりました。おそらくかれは、かれの僚友たちの翼にかかえられ、かれの季節向きの旅行に出ていってしまったのでありましょう。

井伏鱒二（いぶせ ますじ）

一八九八年（明治三一）―一九九三年（平成五）。広島県生まれ。早稲田大学仏文科中退後、一九一〇年に永井荷風が中心となって創刊された『三田文学』に「鯉」を発表、その後、代表作「山椒魚」「黒い雨」（野間文芸賞受賞）「ジョン万次郎漂流記」（直木賞受賞）など、多くの名作を世に送り出す。また、翻訳家としても活躍した。

この作品は、散弾銃に打たれたがんを、「わたし」が助けるところから始まる。動物を殺すさまざまな方法の中で、散弾銃による殺害は、最も残酷な手段のひとつであろう。一発の弾丸の中に無数の散弾粒が含まれ、それが、動物の体内で破裂するのである。「わたし」は、慣れぬ手つきでサワンに撃ち込まれた散弾をえぐり出す。飛べないように羽を切られたサワンは、意外にも、「わたし」を慕うようになる。サワンは、野道や沼地についてくるし、水浴を楽しむサワンを、「わたし」はいつまでも見守ったりしている。

だが、サワンは、月空高く飛ぶ仲間のがんと、鳴き声を交わすようになる。サワンを手元にとどめたい思いと、大自然に生きる仲間のもとへ帰してやりたいとの思いが、「わたし」の中で複雑に交錯する。結局サワンは去っていくのだが、寂しさの中に「わたし」は、サワンの旅立ちをひそかに祝福するのである。

なつかしの
こくご問題

9 井伏鱒二の文壇デビュー当時の流派と作品名を答えてください（各5点）

［流派］　ア．新感覚派　イ．新興芸術派　ウ．新現実主義　エ．新心理主義

［作品］　オ．山椒太夫　カ．伊豆の踊子　キ．羅生門　ク．山椒魚

10 102ページ14行目の「鳴きすがる」の表現効果で最も適切なものを選んでください（3点）

ア．サワンが弱気になっていることを示す効果

イ．サワンが仲間の機嫌をとっていることを示す効果

ウ．サワンがどうしても仲間と飛びたがっていることを示す効果

エ．サワンが「私」の束縛を恨んでいることを示す効果

11 次の語句の意味を答えてください（各5点）

(1) くったくした（　　　　）

(2) うっちゃる（　　　　）

蠅《はえ》

横光利一

一

真夏の宿場は空虚であった。ただ眼の大きな一疋《いっぴき》の蠅だけは、薄暗い厩《うまや》の隅《すみ》の蜘蛛《くも》の巣にひっかかると、後肢《あとあし》で網を跳ねつつ暫《しばら》くぶらぶらと揺れていた。と、豆のようにぼたりと落ちた。そうして、馬《ば》糞《ふん》の重みに斜めに突き立っている藁《わら》の端から、裸体にされた馬の背中まで這《は》い上《あが》った。

二

馬は一条《ひとすじ》の枯草を奥歯にひっ掛けたまま、猫背《ねこぜ》の老いた馭者《ぎょしゃ》の姿を捜している。

馭者は宿場《しゅくば》の横の饅頭屋《まんじゅうや》の店頭《みせさき》で、将棋《しょうぎ》を三番さして負け通した。

「何《な》に？　文句をいうな。もう一番じゃ。」

すると、廂《ひさし》を脱《はず》れた日の光は、彼の腰から、円《まる》い荷物のような猫背の上へ乗りかかって来た。

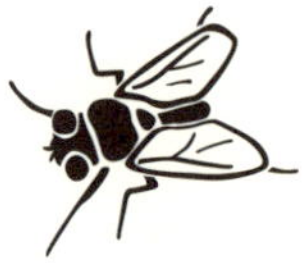

三

宿場の空虚な場庭《ばにわ》へ一人の農婦が馳《か》けつけた。彼女はこの朝早く、街に務《つと》めている息子から危篤の電報を受けとった。それから露に湿《しめ》った三里の山路《やまみち》を馳け続けた。

「馬車はまだかのう？」

彼女は馭者部屋を覗《のぞ》いて呼んだが返事がない。

「馬車はまだかのう？」

歪《ゆが》んだ畳の上には湯飲みが一つ転っていて、中から酒色の番茶《ばんちゃ》がひとり静《しずか》に流れていた。農婦はうろうろと場庭を廻ると、饅頭屋の横からまた呼んだ。

「馬車はまだかの？」

「先刻出ましたぞ。」

答えたのはその家の主婦である。

「出たかのう。馬車はもう出ましたかのう。いつ出ましたな。もうちと早《は》よ来ると良かったのじゃが、もう出ぬじゃろか？」

農婦は性急な泣き声でそういう中《うち》に、早や泣き出した。が、涙も拭《ふ》かず、往還《おうかん》の中央に突き立っていてから、街の方へすたすたと歩き始めた。

「二番が出るぞ。」

猫背の馭者は将棋盤を見詰めたまま農婦にいった。農婦は歩みを停めると、くるりと向き返ってその淡い眉毛《まゆげ》を吊り上げた。

「出るかの。直ぐ出るかの。悴《せがれ》が死にかけておるのじゃが、間に合わせておくれかの？」

「桂馬《けいま》と来たな。」

「まアまア嬉しや。街までどれほどかかるじゃろ。いつ出しておくれるのう。」

「二番が出るわい。」と馭者はぽんと歩《ふ》を打った。

「出ますかな、街までは三時間もかかりますかな。三時間はたっぷりかかりますやろ。悴が死にかけていますのじゃ、間に合せておくれかのう？」

四

野末の陽炎《かげろう》の中から、種蓮華《たねれんげ》を叩く音が聞えて来る。若者と娘は宿場の方へ急いで行った。娘は若者の肩の荷物へ手をかけた。

「持とう。」

「何アに。」

「重たかろうが。」

若者は黙っていかにも軽そうな容子《ようす》を見せた。が、額《ひたい》から流れる汗は塩辛《しおから》かった。

「馬車はもう出たかしら。」と娘は呟《つぶや》いた。

若者は荷物の下から、眼を細めて太陽を眺めると、

「ちょっと暑うなったな、まだじゃろう。」

二人は黙ってしまった。牛の鳴き声がした。

「知れたらどうしよう。」と娘はいうとちょっと泣きそうな顔をした。

種蓮華を叩く音だけが、幽《かす》かに足音のように追って来る。娘は後を向いて見て、それから若者の肩の荷物にまた手をかけた。

「私が持とう。もう肩が直《なお》ったえ。」

若者はやはり黙ってどしどしと歩き続けた。が、突然、「知れたらまた逃げるだけじゃ。」と呟いた。

五

宿場の場庭へ、母親に手を曳《ひ》かれた男の子が指を銜《くわ》えて這入《はい》って来た。

「お母ア、馬々。」

「ああ、馬々。」男の子は母親から手を振り切ると、厩の方へ馳けて来た。そうして二間《けん》ほど離れた場庭の中から馬を見ながら、「こりゃッ、こりゃッ。」と叫んで片足で地を打った。

馬は首を擡《もた》げて耳を立てた。男の子は馬の真似を

して首を上げたが、耳が動かなかった。で、ただやたらに馬の前で顔を顰《しか》めると、再び、「こりゃッ、こりゃッ。」と叫んで地を打った。

馬は槽《おけ》の手蔓《てづる》に口をひっ掛けながら、またその中へ顔を隠して馬草《まくさ》を食った。

「お母ア、馬々。」

「ああ、馬々。」

六

「おっと、待てよ。これは悴の下駄を買うのを忘れたぞ。あ奴《いつ》は西瓜《すいか》が好きじゃ。西瓜を買うと、俺《おれ》もあ奴も好きじゃで両得じゃ。」

田舎紳士《いなかしんし》は宿場へ着いた。彼は四十三になる。四十三年貧困と戦い続けた効《かい》あって、昨夜漸《ようや》く春蚕《はるご》の仲買《なかがい》で八百円を手に入れた。今彼の胸は未来の画策のために詰っている。けれども、昨夜銭湯《せんとう》へ行ったとき、八百円の札束を鞄《かばん》に入れて、洗い場まで持って這入って笑われた記憶については忘れていた。

農婦は場庭の床几《しょうぎ》から立ち上ると、彼の傍《そば》へよって来た。

「馬車はいつ出るのでござんしょうな。悴が死にかかっていますので、早《は》よ街へ行かんと死に目に逢《あ》えまい思いましてな。」

「そりゃいかん。」

「もう出るのでござんしょうな、もう出るって、さっきいわしゃったがの。」

「さアて、何しておるやらな。」

若者と娘は場庭の中へ入ってきた。農婦はまた二人の傍へ近寄った。

「馬車に乗りなさるのかな。馬車は出ませんぞな。」

「出ませんか？」と若者は訊《き》き返《かえ》した。

「出ませんの？」と娘はいった。

「もう二時間も待っていますのやが、出ませんぞな。街まで三時間かかりますやろ。もう何時になっていますかな。街へ着くと正午《ひる》になりますやろか。」

「そりゃ正午や。」と田舎紳士は横からいった。農婦はくるりと彼の方をまた向いて、

「正午になりますかいな。それまでにゃ死にますやろな。正午になりますかいな。」

という中《うち》にまた泣き出した。が、直ぐ饅頭屋の店頭へ馳けて行った。

「まだかのう。馬車はまだなかなか出ぬじゃろか？」

猫背の馭者は将棋盤を枕にして仰向《あおむ》きになったまま、簀《す》の子《こ》を洗っている饅頭屋の主婦の方へ頭を向けた。

「饅頭はまだ蒸《む》さらんかいのう？」

七

馬車は何時《いつ》になったら出るのであろう。宿場に集った人々の汗は乾いた。しかし、馬車は何時になったら出るのであろう。これは誰も知らない。だが、もし知り得ることの出来るものがあったとすれば、それは饅頭屋の竈《かまど》の中で、漸く脹《ふく》れ始めた饅頭であった。何《な》ぜかといえば、この宿場の猫背の馭者は、まだその日、誰も手をつけない蒸し立ての饅頭に初《しょ》手《て》をつけるということが、それほどの潔癖《けっぺき》から長い年月の間、独身で暮さねばならなかったという彼のその日その日の、最高の慰めとなっていたのであったから。

八

宿場の柱時計が十時を打った。饅頭屋の竈は湯気を立てて鳴り出した。

ザク、ザク、ザク。猫背の馭者は馬草を切った。馬は猫背の横で、水を充分飲み溜めた。ザク、ザ

ク、ザク。

九

馬は馬車の車体に結ばれた。農婦は真先に車体の中へ乗り込むと街の方を見続けた。

「乗っとくれやア。」と猫背はいった。

五人の乗客は、傾く踏み段に気をつけて農婦の傍へ乗り始めた。

猫背の馭者は、饅頭屋の簀の子の上で、綿のように脹らんでいる饅頭を腹掛けの中へ押し込むと馭者台の上にその背を曲げた。喇叭《らっぱ》が鳴った。鞭《むち》が鳴った。

眼の大きなかの一疋の蠅は馬の腰の余肉《あまじし》の匂いの中から飛び立った。そうして、車体の屋根の上にとまり直ると、今さきに、漸く蜘蛛の網からその生命《いのち》をとり戻した身体を休めて、馬車と一緒に揺れていった。

馬車は炎天の下を走り通した。そうして並木をぬけ、長く続いた小豆畑《あずきばたけ》の横を通り、亜麻畑《あまばたけ》と桑畑の間を揺れつつ森の中へ割り込むと、緑色の森は、漸く溜った馬の額の汗に映って逆さまに揺らめいた。

十

馬車の中では、田舎紳士の饒舌《じょうぜつ》が、早くも人々を五年以来の知己《ちき》にした。しかし、男の子はひとり車体の柱を握って、その生々した眼で野の中を見続けた。

「お母ア、梨々。」

「ああ、梨々。」

馭者台では鞭《むち》が動き停った。農婦は田舎紳士の帯の鎖に眼をつけた。

「もう幾時ですかいな。十二時は過ぎましたかいな。街へ着くと正午過ぎになりますやろな。」

　馭者台では喇叭が鳴らなくなった。そうして、腹掛けの饅頭を、今や尽《ことごと》く胃の腑《ふ》の中へ落し込んでしまった馭者は、一層猫背を張らせて居眠り出した。その居眠りは、馬車の上から、かの眼の大きな蠅が押し黙った数段の梨畑を眺め、真夏の太陽の光りを受けて真赤《まっか》に栄《は》えた赤土の断崖を仰ぎ、突然に現れた激流を見下して、そうして、馬車が高い崖路《がけみち》の高低でかたかたときしみ出す音を聞いてもまだ続いた。しかし、乗客の中で、その馭者の居眠りを知っていた者は、僅《わず》かにただ蠅一疋であるらしかった。蠅は車体の屋根の上から、馭者の垂れ下った半白の頭に飛び移り、それから、濡れた馬の背中に留《とま》って汗を舐《な》めた。

　馬車は崖の頂上へさしかかった。馬は前方に現れた眼匿《めかく》しの中の路に従って柔順に曲り始めた。しかし、そのとき、彼は自分の胴と、車体の幅とを考えることは出来なかった。一つの車輪が路から外《はず》れた。突然、馬は車体に引かれて突き立った。瞬間、蠅は飛び上った。と、車体と一緒に崖の下へ墜落《ついらく》して行く放埒《ほうらつ》な馬の腹が眼についた。そうして、人馬の悲鳴が高く一声発せられると、河原の上では、圧《お》し重《かさ》なった人と馬と板片との塊《かたま》りが、沈黙したまま動かなかった。が、眼の大きな蠅は、今や完全に休まったその羽根に力を籠《こ》めて、ただひとり、悠々《ゆうゆう》と青空の中を飛んでいった。

横光利一（よこみつ りいち）

一八九八年（明治三一）―一九四七年（昭和二二）。福島県生まれ。一九二一年に「父」「比叡」などを発表し、菊池寛に認められる。一九二三年『新小説』に「日輪」を発表。翌年、片岡鉄兵、川端康成らと親交を深めると共に、新感覚派文学のリーダーとして活躍。代表作は「機械」「旅愁」など。

一匹の蠅に託して、真夏の宿場に展開する庶民の生活、哀感を活写している。蜘蛛の巣を逃れた一匹の蠅が、「豆のようにぽたりと落ち」「馬糞の重みに斜めに突き立っている藁の端」から裸体の馬の背中まで這い上がる。

危篤の息子の死に目に会いたいと、一番馬車の出発を懇願する母親、それを尻目に、饅頭屋の店先で将棋に熱中している御者、駆け落ち者らしい若い二人連れ、多年の苦労の末に八百円を手に入れた四十三歳の田舎紳士。さまざまな事情を抱えた人々が一つの馬車に乗る。だが、ようやく出発したその馬車は高い崖からあっけなく転落してしまう。実にシニカルである。そして、「大きな眼の蠅」の視点で語ることで、生々しさではなく、そっけないほどにさらりと情景をみせることに成功していると言えよう。

なつかしの こくご問題

12 「蠅」の存在はどんな役割を果たしていますか？（3点）

ア．結果の皮肉さを演出する傍観者
イ．読者により物語を理解させる為のストーリーテイラー
ウ．主人公である人間達をひき立てる脇役
エ．物語に映像的効果を与えるための存在

小学校

野ばら

小川未明

　大きな国と、それよりはすこし小さな国とが隣《とな》り合っていました。当座、その二つの国の間には、なにごとも起こらず平和でありました。

　ここは都から遠い、国境《こっきょう》であります。そこには両方の国から、ただ一人ずつの兵隊が派遣《はけん》されて、国境を定めた石碑《せきひ》を守っていました。大きな国の兵士は老人でありました。そうして、小さな国の兵士は青年でありました。

　二人は、石碑の建っている右と左に番をしていました。いたってさびしい山でありました。そして、まれにしかその辺を旅する人影《ひとかげ》は見られなかったのです。

　初め、たがいに顔を知り合わない間は、二人は敵か味方かというような感じがして、ろくろくものもいいませんでしたけれど、いつしか二人は仲よしになってしまいました。二人は、ほかに話をする相手もなく退屈《たいくつ》であったからであります。そして、春の日は長く、うららかに、頭の上

に照り輝《かがや》いているからでありました。

ちょうど、国境のところには、だれが植えたということもなく、一株《ひとかぶ》の野ばらがしげっていました。その花には、朝早くからみつばちが飛んできて集まっていました。その快《こころよ》い羽音《はおと》が、まだ二人の眠っているうちから、夢心地《ゆめごこち》に耳に聞こえました。

「どれ、もう起きようか。あんなにみつばちがきている」と、二人は申し合わせたように起きました。そして外へ出ると、はたして、太陽は木のこずえの上に元気よく輝いていました。

二人は、岩間からわき出る清水《しみず》で口をすすぎ、顔を洗いにまいりますと、顔を合わせました。

「やあ、おはよう。いい天気でございますな」

「ほんとうにいい天気です。天気がいいと、気持ちがせいせいします」

二人は、そこでこんな立ち話をしました。たがいに、頭を上げて、あたりの景色をながめました。毎日見ている景色でも、新しい感じを見る度に心に与《あた》えるものです。

青年は最初将棋《しょうぎ》の歩み方を知りませんでした。けれど老人について、それを教わりましてから、このごろはのどかな昼ごろには、二人は毎日向かい合って将棋を差していました。

初めのうちは、老人のほうがずっと強くて、駒《こま》を落として差していましたが、しまいにはあたりまえに差して、老人が負かされることもありました。

この青年も、老人も、いたっていい人々でありました。二人とも正直で、しんせつでありました。二人はいっしょうけんめいで、将棋盤《ばん》の上で争っても、心は打ち解けていました。

「やあ、これは俺《おれ》の負けかいな。こう逃《に》げつづけでは苦しくてかなわない。ほんとうの戦争だったら、どんなだかしれん」と、老人はいって、大きな口を開けて笑いました。

青年は、また勝ちみがあるのでうれしそうな顔つきをして、いっしょうけんめいに目を輝かしながら、相手の王さまを追っていました。

小鳥はこずえの上で、おもしろそうに唄《うた》っていました。白いばらの花からは、よい香《かお》りを送ってきました。

冬は、やはりその国にもあったのです。寒くなると老人は、南の方を恋《こい》しがりました。

その方には、せがれや、孫が住んでいました。

「早く暇《ひま》をもらって帰りたいものだ」と、老人はいいました。

「あなたがお帰りになれば、知らぬ人がかわりにくるでしょう。やはりしんせつな、やさしい人ならいいが、敵、味方というような考えをもった人だと困ります。どうか、もうしばらくいてください。そのうちには、春がきます」と、青年はいいました。

やがて冬が去って、また春となりました。ちょうどそのころ、この二つの国は、なにかの利益問題から、戦争を始めました。そうしますと、これまで毎日、仲むつまじく、暮らしていた二人は、敵、味方の間柄《あいだがら》になったのです。それがいかにも、不思議なことに思われました。

「さあ、おまえさんと私《わたし》は今日から敵《かたき》どうしになったのだ。私はこんなに老いぼれていても少佐《しょうさ》だから、私の首を持ってゆけば、あなたは出世ができる。だから殺してください」と、老人はいいました。

これを聞くと、青年は、あきれた顔をして、

「なにをいわれますか。どうして私とあなたとが敵《かたき》どうしでしょう。私の敵《てき》は、ほかになければなりません。戦争はずっと北の方で開かれています。私は、そこへいって戦います」と、青年はいい残して、去ってしまいました。

国境には、ただ一人老人だけが残されました。青年のいなくなった日から、老人は、茫然《ぼうぜん》として日を送りました。野ばらの花が咲いて、みつばちは、日が上がると、暮れるころまで群がっています。いま戦争は、ずっと遠くでしているので、たとえ耳を澄《す》ましても、空をながめても、鉄砲《てっぽう》の音も聞えなければ、黒い煙《けむり》の影すら見られなかったのであります。老人は、その日から、青年の身の上を案じていました。日はこうしてたちました。

ある日のこと、そこを旅人が通りました。老人は戦争について、どうなったかとたずねました。

すると、旅人は、小さな国が負けて、その国の兵士はみなごろしになって、戦争は終ったということを告げました。

老人は、そんなら青年も死んだのではないかと思いました。そんなことを気にかけながら石碑の礎《いしずえ》に腰《こし》をかけて、うつむいていますと、いつか知らず、うとうとと居眠りをしました。かなたから、おおぜいの人のくるけはいがしました。見ると、一列の軍隊でありました。そして馬に乗ってそれを指揮するのは、かの青年でありました。その軍隊はきわめて静粛《せいしゅく》で声ひとつたてません。やがて老人の前を通るときに、青年は黙礼《もくれい》をして、ばらの花をかいだのでありました。

老人は、なにかものをいおうとすると目がさめました。それはまったく夢であったのです。それから一月《ひとつき》ばかりしますと、野ばらが枯《か》れてしまいました。その年の秋、老人は南の方へ暇をもらって帰りました。

小川未明（おがわ みめい）

一八八二年（明治一五）—一九六一年（昭和三六）。新潟県生まれ。早稲田大学英文科在学中に書いた小説「紅雲郷」が、作家・翻訳家の坪内逍遥に絶賛され、ロマンティシズム作家としてデビューを果たす。しかし、一九一〇年、童話集『赤い船』を発表してから童話作品を中心に執筆を続け、童話雑誌『赤い鳥』で活躍。日本のアンデルセンと呼ばれる。

大きな国と小さな国との対立に、何の恨みもない若者と老人の友情が、引き裂かれていく物語である。「春の日は長く、うららかに、頭の上に」照り輝き、みつばちの「快い羽音」が聞こえ、「岩間からわき出る清水」で口をすすぐ、というようなのどかな国境なのに、二人は敵対を余儀なくされる。両国の戦争は、若者の命を奪うが、若者の霊は、部下を連れて老人の夢に現れ、敬礼して去る。その後間もなく、二人が愛した野ばらが枯れてしまうのだが、この描写に未明の戦争に対する深い悲しみが偲ばれる。

だが、「野ばら」は、通り一遍の反戦文学ではない。未明が本当に描きたかったのは、悲しみの向こうにある人間同士の優しさ、さらには、人間以上の力に支配されている世の中の神秘への憧れだったのではないだろうか。

なつかしの
こくご問題

13 「野ばら」という名の作品を作ったことがない芸術家は次のうち誰でしょう？（3点）

ア．シューベルト　イ．ゲーテ　ウ．滝　蓮太郎　エ．ウェルナー

14 この作品の著者である小川未明は『赤い鳥』という童話雑誌で沢山の作品を発表しましたが、この中で同じく『赤い鳥』にて活躍していた作家を二人答えてください（各3点）

ア．芥川龍之介　イ．夏目漱石　ウ．江戸川乱歩　エ．内田百閒　オ．谷崎潤一郎

高校

山月記

中島　敦

(1)隴西《ろうさい》の李徴《りちょう》は博学(2)才穎《さいえい》、(3)天宝の末年、若くして名を(4)虎榜《こぼう》に連ね、ついで(5)江南《こうなん》(6)尉《い》に補せられたが、性、(7)狷介《けんかい》、自《みずか》ら恃《たの》むところ頗《すこぶ》る厚く、賤吏《せんり》に甘んずるを潔《いさぎよ》しとしなかった。いくばくもなく官を退いた後は、故山《こざん》、(8)虢略《かくりゃく》に帰臥《きが》し、人と交《まじわり》を絶って、ひたすら詩作に耽《ふけ》った。下吏となって長く膝《ひざ》を俗悪な大官の前に屈するよりは、詩家としての名を死後百年に遺《のこ》そうとしたのである。しかし、文名は容易に揚らず、生活は日を逐《お》うて苦しくなる。李徴は漸《ようや》く焦躁《しょうそう》に駆られて来た。この頃《ころ》からその容貌《ようぼう》も(9)峭刻《しょうこく》となり、肉落ち骨秀《ひい》で、眼光のみ徒《いたず》らに(10)炯々《けいけい》として、曾《かつ》て進士に登第《とうだい》した頃の豊頬《ほうきょう》の美少年の俤《おもかげ》は、何処《どこ》に求めようもない。数年の後、貧窮に堪《た》えず、妻子の衣食のために遂《つい》に節を屈して、再び東へ赴き、一地方官吏の職を奉ずることになった。一方、これは、己《おのれ》の詩業に半ば絶望したためでもある。曾ての同輩は既に遥《はる》か高位に進み、彼が昔、鈍物として(11)歯牙《しが》にもかけなかったその連中の下命を拝さねばならぬことが、往年の(12)儁才《しゅんさい》李徴の自尊心を如何《いか》に傷《きずつ》けたかは、想像に難《かた》くない。彼は(13)怏々《おうおう》として楽しまず、(14)狂悖《きょうはい》の性は愈々《いよいよ》抑え難《がた》くなった。一年の後、公用で旅に出、(15)汝水《じょすい》のほとりに宿った時、遂

に発狂した。或《ある》夜半、急に顔色を変えて寝床から起上ると、何か訳の分らぬことを叫びつつそのまま下にとび下りて、闇《やみ》の中へ駈出《かけだ》した。彼は二度と戻《もど》って来なかった。附近の山野を捜索しても、何の手掛りもない。その後李徴がどうなったかを知る者は、誰《だれ》もなかった。

翌年、監察御史《かんさつぎょし》[16]、陳郡《ちんぐん》[17]の袁傪《えんさん》という者、勅命を奉じて嶺南《れいなん》[18]に使し、途《みち》に商於《しょうお》[19]の地に宿った。次の朝未《ま》だ暗い中《うち》に出発しようとしたところ、駅吏[20]が言うことに、これから先の道に人喰虎《ひとくいどら》が出る故《ゆえ》、旅人は白昼でなければ、通れない。今はまだ朝が早いから、今少し待たれたが宜《よろ》しいでしょうと。袁傪は、しかし、供廻《ともまわ》りの多勢なのを恃み、駅吏の言葉を斥《しりぞ》けて、出発した。残月の光をたよりに林中の草地を通って行った時、果して一匹の猛虎《もうこ》が叢《くさむら》の中から躍り出た。虎は、あわや袁傪に躍りかかるかと見えたが、忽《たちま》ち身を飜《ひるがえ》して、元の叢に隠れた。叢の中から人間の声で「あぶないところだった」と繰返し呟《つぶや》くのが聞えた。その声に袁傪は聞き憶《おぼ》えがあった。驚懼《きょうく》[21]の中にも、彼は咄嗟《とっさ》に思いあたって、叫んだ。「その声は、我が友、李徴子ではないか?」

袁傪は李徴と同年に進士の第に登り、友人の少かった李徴にとっては、最も親しい友であった。温和な袁傪の性格が、峻峭《しゅんしょう》[22]な李徴の性情と衝突しなかったためであろう。

叢の中からは、暫《しばら》く返辞が無かった。しのび泣きかと思われる微《かす》かな声が時々洩《も》れるばかりである。ややあって、低い声が答えた。「如何にも自分は隴西の李徴である」と。

袁傪は恐怖を忘れ、馬から下りて叢に近づき、懐《なつ》かしげに久闊《きゅうかつ》[23]を叙した。そして、何故《なぜ》叢から出て来ないのかと問うた。李徴の声が答えて言う。自分は今や異類[24]の身となっている。どうして、おめおめと故人《とも》の前にあさましい姿をさらせようか。かつ又、自分が姿を現せば、必ず君に(25)畏怖嫌厭《いふけんえん》の情を起させるに決っているからだ。しかし、今、図らずも故人に遇《あ》うことを得て、(26)愧赧《きたん》の念をも忘れる程に懐かしい。どうか、ほんの暫くでいいから、我が醜悪な今の外形を厭《いと》わず、曾て君の友李徴であったこの自分と話を交してくれないだろうか。

後で考えれば不思議だったが、その時、袁傪は、この超自然の怪異を、実に素直に受容《うけい》れて、少しも怪もうとしなかった。彼は部下に命じて行列の進行を停《と》め、自分は叢の傍《かたわら》に立って、見えざる声と対談した。都の噂《うわさ》、旧友の消息、袁傪が現在の地位、それに対する李徴の祝辞。青年時代に親しかった者同志の、あの隔てのない語調で、それ等《ら》が語られた後、袁傪は、李徴がどうして今の身となるに至ったかを訊《たず》ねた。草中の声は次のように語った。

今から一年程前、自分が旅に出て汝水のほとりに泊った夜のこと、一睡してから、ふと眼《め》を覚ますと、戸外で誰かが我が名を呼んでいる。声に応じて外へ出て見ると、声は闇の中から頻《しき》りに自分を招く。覚えず、自分は声を追うて走り出した。無我夢中で駈けて行く中に、何時《いつ》しか途は山林に入り、しかも、知らぬ間に自分は左右の手で地を攫《つか》んで走っていた。何か身体《からだ》中に力が充《み》ち満ちたような感じで、軽々と岩石を跳び越えて行った。気が付くと、手先や肱《ひじ》のあたりに毛を生じているらしい。少し明るくなってから、谷川に臨んで姿を映して見ると、既に虎となっていた。自分は初め眼を信じなかった。次に、これは夢に違いないと考えた。夢の中で、これは夢だぞと知っているような夢を、自分はそれまでに見たことがあったから。どうしても夢でないと悟らねばならなかった時、自分は茫然《ぼうぜん》とした。そうして懼《おそ》れた。全く、どんな事でも起り得るのだと思うて、深く懼れた。しかし、何故こんな事になったのだろう。分らぬ。全く何事も我々には判《わか》らぬ。理由も分らずに押付けられたものを大人しく受取って、理由も分らずに生きて行くのが、我々生きもののさだめだ。自分は直《す》ぐに死を想《おも》うた。しかし、その時、眼の前を一匹の兎《うさぎ》が駈け過ぎるのを見た途端に、自分の中の人間は忽ち姿を消した。再び自分の中の人間が目を覚ました時、自分の口は兎の血に塗《まみ》れ、あたりには兎の毛が散らばっていた。これが虎としての最初の経験であった。それ以来今までにどんな所行をし続けて来たか、それは到底語るに忍びない。ただ、一日の中に必ず数時間は、人間[27]の心が還《かえ》って来る。そういう時には、曾ての日と同じく、人語も操《あやつ》れれば、複雑な思考にも堪え得るし、経書《けいしょ》[28]の章句を誦《そら》んずることも出来る。その人間の心で、虎としての己《おのれ》の残虐《ざんぎゃく》な行《おこない》のあとを見、己の運命をふりかえる時が、最も情なく、恐しく、憤《いきどお》ろしい。しかし、その、人間にかえる数時間も、日を経るに従って次第に短くなって行く。今までは、どうして虎などになったかと怪しんでいたのに、この間ひょいと気が付いて見たら、己《おれ》はどうして以前、人間だったのかと考えていた。これは恐しいことだ。今少し経《た》てば、己《おれ》の中の人間の心は、獣としての習慣の中にすっかり埋《うも》れて消えて了《しま》うだろう。ちょうど、古い宮殿の礎《いしずえ》が次第に土砂に埋没するように。そうすれば、しまいに己は自分の過去を忘れ果て、一匹の虎として狂い廻り、今日のように途で君と出会っても故人《とも》と認めることなく、君を裂き喰《くろ》うて何の悔も感じないだろう。一体、獣でも人間でも、もとは何か他《ほか》のものだったんだろう。初めはそれを憶えているが、次第に忘れて了い、初めから今の形のものだったと思い込んでいるのではないか？　いや、そんな事はどうでもいい。己の中の人間の心がすっかり消えて了えば、恐らく、その方が、己はしあわせになれるだろう。だのに、己の中の人間は、その事を、この上なく恐しく感じているのだ。

ああ、全く、どんなに、恐しく、哀《かな》しく、切なく思っているだろう！　己が人間だった記憶のなくなることを。この気持は誰にも分らない。誰にも分らない。己と同じ身の上に成った者でなければ。ところで、そうだ。己がすっかり人間でなくなって了う前に、一つ頼んで置きたいことがある。

　袁傪はじめ一行は、息をのんで、叢中《そうちゅう》の声の語る不思議に聞入っていた。声は続けて言う。

　他でもない。自分は元来詩人として名を成す積りでいた。しかも、業未《いま》だ成らざるに、この運命に立至った。曾て作るところの詩数百篇《ぺん》、固《もと》より、まだ世に行われておらぬ。遺稿の所在も最早《もはや》判らなくなっていよう。ところで、その中、今も尚《なお》[29]記誦《きしょう》せるものが数十ある。これを我が為《ため》に伝録して戴《いただ》きたいのだ。何も、これに仍《よ》って一人前の詩人面《づら》をしたいのではない。作の巧拙は知らず、とにかく、[30]産を破り心を狂わせてまで自分が生涯《しょうがい》それに執着したところのものを、一部なりとも後代に伝えないでは、死んでも死に切れないのだ。

　袁傪は部下に命じ、筆を執って叢中の声に随《したが》って書きとらせた。李徴の声は叢の中から朗々と響いた。長短凡《およ》そ三十篇、[31]格調高雅、[32]意趣卓逸、一読して作者の才の非凡を思わせるものばかりである。しかし、袁傪は感嘆しながらも漠然《ばくぜん》と次のように感じていた。成程《なるほど》、作者の素質が第一流に属するものであることは疑いない。しかし、このままでは、[33]第一流の作品となるのには、何処《どこ》か（非常に微妙な点に於《おい》て）欠けるところがあるのではないか、と。

　旧詩を吐き終った李徴の声は、突然調子を変え、自らを嘲《あざけ》るが如《ごと》くに言った。

　羞《はずか》しいことだが、今でも、こんなあさましい身と成り果てた今でも、己《おれ》は、己の詩集が[34]長安《ちょうあん》風流人士の机の上に置かれている様を、夢に見ることがあるのだ。岩窟《がんくつ》の中に横たわって見る夢にだよ。嗤《わら》ってくれ。詩人に成りそこなって虎になった哀れな男を。（袁傪は昔の青年李徴の自嘲癖《じちょうへき》を思出しながら、哀しく聞いていた。）そうだ。お笑い草ついでに、今の懐《おもい》を即席の詩に述べて見ようか。この虎の中に、まだ、曾ての李徴が生きているしるしに。

袁傪は又下吏に命じてこれを書きとらせた。その詩に言う。

[35]偶因狂疾成殊類　災患相仍不可逃
今日爪牙誰敢敵　当時声跡共相高
我為異物蓬茅下　君已乗軺気勢豪
此夕渓山対明月　不成長嘯但成嘷

時に、残月、光冷《ひや》やかに、白露は地に滋《しげ》く、樹間を渡る冷風は既に暁の近きを告げていた。人々は最早、事の奇異を忘れ、粛然として、この詩人の薄倖《はっこう》[36]を嘆じた。李徴の声は再び続ける。

何故《なぜ》こんな運命になったか判らぬと、先刻は言ったが、しかし、考えように依《よ》れば、思い当ることが全然ないでもない。人間であった時、己《おれ》は努めて人との交《まじわり》を避けた。人々は己を倨傲《きょごう》[37]だ、尊大だといった。実は、それが殆《ほとん》ど羞恥心《しゅうちしん》に近いものであることを、人々は知らなかった。勿論《もちろん》、曾ての郷党《きょうとう》の鬼才[38]といわれた自分に、自尊心が無かったとは云《い》わない。しかし、それは臆病《おくびょう》な自尊心とでもいうべきものであった。己は詩によって名を成そうと思いながら、進んで師に就いたり、求めて詩友と交って切磋琢磨《せっさたくま》に努めたりすることをしなかった。かといって、又、己は俗物の間に伍《ご》することも潔《いさぎよ》しとしなかった。共に、我が臆病な自尊心と、尊大な羞恥心との所為《せい》である。己《おのれ》の珠《たま》に非《あら》ざることを惧《おそ》れるが故《ゆえ》に、敢《あえ》て刻苦して磨《みが》こうともせず、又、己の珠なるべきを半ば信ずるが故に、碌々《ろくろく》[39]として瓦《かわら》に伍することも出来なかった。己《おれ》は次第に世と離れ、人と遠ざかり、憤悶《ふんもん》と(40)慙恚《ざんい》とによって益々己《ますますおのれ》の内なる臆病な自尊心を飼いふとらせる結果になった。人間は誰でも猛獣使であり、その猛獣に当るのが、各人の性情だという。己《おれ》の場合、この尊大な羞恥心が猛獣だった。虎だったのだ。これが己を損い、妻子を苦しめ、友人を傷つけ、果ては、己の外形をかくの如く、内心にふさわしいものに変えて了ったのだ。今思えば、全く、己は、己の有《も》っていた僅《わず》かばかりの才能を空費して了った訳だ。人生は何事をも為《な》さぬには余りに長いが、何事かを為すには余りに短いなどと口先ばかりの警句を弄《ろう》しながら、事実は、才能の不足を暴露《ばくろ》するかも知れないとの卑怯《ひきょう》な危惧《きぐ》と、刻苦を厭《いと》う怠惰とが己の凡《すべ》てだったのだ。己よりも遥かに乏しい才能でありながら、それを専一に磨いたがために、堂々たる詩家となった者が幾らでもいるのだ。虎と成り果てた今、己は漸《ようや》くそれに気が付いた。それを思うと、己は今も胸を灼《や》かれるような悔を感じる。己には最早人間としての生活は出来ない。たとえ、今、己が頭の中で、どんな優れた詩を作ったにしたところで、どういう手段で発表できよう。まして、己の頭は日毎《ひごと》に虎に近づいて行く。どうすればいいのだ。己の空費された過去は？　己は堪《たま》らなくなる。そういう時、己は、向うの山の頂の巖《いわ》に上り、(41)空谷《くうこく》に向って吼《ほ》える。この胸を灼く悲しみを誰かに訴えたいのだ。己は昨夕も、彼処《あそこ》で月に向って咆《ほ》えた。誰かにこの苦しみが分って貰《もら》えないかと。しかし、獣どもは己の声を聞いて、唯《ただ》、懼《おそ》れ、ひれ伏すばかり。山も樹《き》も月も露も、一匹の虎が怒り狂って、哮《たけ》っているとしか考えない。天に躍り地に伏して嘆いても、誰一人己の気持を分ってくれる者はない。ちょうど、人間だった頃、己の傷つき易《やす》い内心を誰も理解してくれなかったように。己の毛皮の濡《ぬ》れたのは、夜露のためばかりではない。

漸く四辺《あたり》の暗さが薄らいで来た。木の間を伝って、何処《どこ》からか、暁角《ぎょうかく》(42)が哀しげに響き始めた。

最早、別れを告げねばならぬ。酔わねばならぬ時が、(虎に還らねばならぬ時が)近づいたから、と、李徴の声が言った。だが、お別れする前にもう一つ頼みがある。それは我が妻子のことだ。彼等《かれら》は未《ま》だ虢略《かくりゃく》にいる。固より、己の運命に就いては知る筈《はず》がない。君が南から帰ったら、己は既に死んだと彼等に告げて貰えないだろうか。決して今日のことだけは明かさないで欲しい。厚かましいお願だが、彼等の孤弱を憐《あわ》れんで、今後とも道塗《どうと》(43)に飢凍《きとう》することのないように計らって戴けるならば、自分にとって、恩倖《おんこう》(44)、これに過ぎたるは莫《な》い。

言終って、叢中から慟哭《どうこく》の声が聞えた。袁(45)もまた涙を泛《うか》べ、欣《よろこ》んで李徴の意に副《そ》いたい旨《むね》を答えた。李徴の声はしかし忽《たちま》ち又先刻の自嘲的な調子に戻《もど》って、言った。

本当は、先《ま》ず、この事の方を先にお願いすべきだったのだ、己が人間だったなら。飢え凍えようとする妻子のことよりも、己《おのれ》の乏しい詩業の方を気にかけているような男だから、こんな獣に身を堕《おと》すのだ。

そうして、附加《つけくわ》えて言うことに、袁傪が嶺南からの帰途には決してこの途《みち》を通らないで欲しい、その時には自分が酔っていて故人《とも》を認めずに襲いかかるかも知れないから。又、今別れてから、前方百歩の所にある、あの丘に上ったら、此方《こちら》を振りかえって見て貰いたい。自分は今の姿をもう一度お目に掛けよう。勇に誇ろうとしてではない。我が醜悪な姿を示して、以《もっ》て、再び此処《ここ》を過ぎて自分に会おうとの気持を君に起させない為であると。

袁傪は叢に向って、懇《ねんご》ろに別れの言葉を述べ、馬に上った。叢の中からは、又、堪《た》え得ざるが如き悲泣《ひきゅう》の声が洩《も》れた。袁傪も幾度か叢を振返りながら、涙の中に出発した。

一行が丘の上についた時、彼等は、言われた通りに振返って、先程の林間の草地を眺《なが》めた。忽ち、一匹の虎が草の茂みから道の上に躍り出たのを彼等は見た。虎は、既に白く光を失った月を仰いで、二声三声咆哮《ほうこう》したかと思うと、又、元の叢に躍り入って、再びその姿を見なかった。

【注釈】(1)隴西―いまの中国甘粛省の臨洮府から鞏昌府の西境にいたる地域で西域に近かった。(2)才穎―才能が非常に優れていること。(3)天宝―唐の玄宗の時代の年号（七四二―七五五）。(4)虎榜―官吏任用試験に合格して進士となったものの氏名を記載して掲示する木札。(5)江南―長江下流の南岸一帯を指す。(6)尉―県の警察事務をつかさどる役人。(7)狷介―みずから恃むところが強く、他人と容易に協調しない性格。(8)虢略―陝西省の地名。(9)峭刻―残忍できびしいこと。(10)炯々として―眼光がきらきらと鋭く光って。(11)歯牙にもかけなかった―まったく相手にせず、無視した。(12)儁才―俊才に同じ。優れた才能を持つ人材。(13)怏々―心が満足しないさま。(14)狂悖―非常識で人に逆らってばかりいること。(15)汝水―現在の汝河。河南省に源を発し、淮河に注ぐ。(16)監察御史―官吏の取り締まり、賦役・監獄の監督のため、中央から派遣されて各地を巡回する役人。(17)陳郡―河南省東部にあった地名。(18)嶺南―広東・広西省一帯を指す。いまの壮族自治区のあたり。(19)商於―現在の河南省西部にあった地名。(20)駅吏―宿駅の役人。(21)驚懼―おどろき恐れること。(22)峻峭―険しく厳格なこと。(23)久闊を叙した―久しく会わなかったことの挨拶をした。(24)異類―人間以外の生き物。(25)畏怖嫌厭―恐れ、嫌がること。(26)愧赧―恥じいって赤面すること。(27)人間の心―小説の典拠『人虎伝』には〈我れ今形変れど心甚だ悟むる耳《のみ》〉とだけある。(28)経書―儒学の経典。(29)記誦―記憶し、暗唱すること。(30)産を破り―破産して。(31)格調高雅―詩文の品格、調子が気韻高く優雅なこと。(32)意趣卓逸―表現（詩文）の意図や趣向がすぐれ、秀でていること。(33)第一流の作品～あるのではないか―典拠の『人虎伝』には、この種の批判はない。(34)長安―現在の陝西省西安市。唐代の首都。(35)偶因狂疾成殊類～―ふとしたきっかけから狂気に冒され、獣の身となってしまった。災難が重なり、不幸な運命から逃れることができない。いまや、人食虎となった私の鋭い爪や牙に、一体誰が敵対できるだろう。思えばあの頃は、私も君も秀才の誉れが名実ともに高かった。しかし、いまでは私は獣の身となって、草むらに寝起きしているが、君はすでに高官になって軺（官吏の乗用車）に乗って、まことに意気盛んである。（旧友と再会した）今夜、渓や山を照らす名月にむかって（この苦しみを訴えようと）声をあげて詩を吟じようとしても、人ならぬ獣の身としては、口から洩れるのはただぶざまな吠え声だけである。(36)薄倖―幸い薄いこと。ふしあわせ。(37)倨傲―おごり高ぶるさま。(38)鬼才―非常に優れた才能のひと。(39)碌々として瓦に伍する―瓦は凡才の暗喩、なんの為すところもなく、平凡な人間の仲間になっている。(40)慙恚―恥じて怒りたつこと。(41)空谷―人けのない谷。(42)暁角―夜明けに吹く角笛の音。(43)道塗―道路、路上。(44)恩倖―いつくしみ、恵むこと。(45)袁―袁傪のこと。

中島　敦（なかじま　あつし）

一九〇九年（明治四二）―一九四二年（昭和一七）。東京生まれ。帝国大学国文科（現在の東京大学　教養学部）卒業後、教職に就く。南洋庁書記としてパラオに赴任中に「山月記」を収録した『古譚』を刊行。その後、「光と風と夢」で芥川賞候補になり、活躍が期待された矢先、持病の喘息が悪化し三十三歳の若さで死去。

唐代の奇伝「人虎伝」を素材にした作品である。中島敦は漢学の素養にすぐれ、その文章の格調の高さを以て知られる。戦後「易は難にまさる」との思想が支配的であった。だが、中島の格調高い「難文」のわかり易さは、わかり易さとは、思想の正しさ、豊かさであって、文章自体の難易とは別のものであることを教える。

李徴は、官吏登用試験にも合格した秀才であるが、「詩家としての名声を死後百年に遺そう」と勉励刻苦する。しかし、志を得ず発狂、ある夜半姿をくらます。翌年、彼の旧友袁傪は、旅の途中、猛虎と化した李徴に遭遇する。物語は、袁傪と草むらに隠れた李徴との対話として描かれるが、李徴の痛恨、虎の身と化した今も、飢寒にあえぐ妻子を思う心が胸を打つ。彼は袁傪に求めて、遠くの丘で振り返らせ、醜い姿をさらすが、それは、帰路友人が、自分に襲われる事がないようにとの李徴の心遣いなのであった。

なつかしの こくご問題

15 李徴が発狂するまでの過程を表す単語をア〜ウから選び、正しく並べ替えてください（各2点）

ア．絶望　イ．狂悖　ウ．焦燥

［　］→［　］→［　］→［発狂］

高校

汚れつちまつた悲しみに……

中原中也

汚れつちまつた悲しみに
今日も小雪の降りかかる
汚れつちまつた悲しみに
今日も風さへ吹きすぎる

汚れつちまつた悲しみは
たとへば狐の革裘《かはごろも》
汚れつちまつた悲しみは

小雪のかかつてちぢこまる

汚れつちまつた悲しみは
なにのぞむなくねがふなく
汚れつちまつた悲しみは
倦怠《けだい》のうちに死を夢む

汚れつちまつた悲しみに
いたいたしくも怖気《おぢけ》づき
汚れつちまつた悲しみに
なすところもなく日は暮れる……

中原中也（なかはら ちゅうや）

一九〇七年（明治四〇）—一九三七年（昭和一二）。山口県湯田温泉に生まれる。同人誌での詩作、またランボオの作品の翻訳を行っていたが、一九三四年に処女詩集『山羊の歌』を出版。その後、一九三七年に『在りし日の歌』を編集するが、刊行を見ないまま、結核性脳膜炎のため三十歳の若さで死去。

中原中也は、その才能を惜しまれながらも、さまざまな不幸に見舞われ、わずか三十歳で世を去る。彼は愛人・泰子を連れて上京するが、そこで知り合った小林秀雄に愛人を奪われる。悲しみを、ただ深い悲しみとしてではなく、「汚れつちまつた悲しみ」と表現しなければならなかったところに、彼が心に負った傷の深さを覗うことができる。汚れ、濡れそぼった悲しみは、もとの姿を留めないほど縮こまってしまう。倦怠の果てに死さえ夢み、なすところもなく彼の日は暮れていく。

天才の名をほしいままにしながら、中也は、その後長男を失い、失意の中に健康をも害する。やがて彼は、結核性脳膜炎で病没する。悲しみは「汚れつちまつた」かもしれぬが、その向こうで、詩人の魂が放っていた光芒の美しさに、中也自身は、気づかなかったのかもしれない。

なつかしの
こくご問題

16 汚れつちまつた「悲しみ」を最もよく表している言葉は、次のうちどれでしょう？（3点）

ア．小雪　イ．風
ウ．狐の革裘　エ．死

小学校

ごん狐

新美南吉

一

これは、私《わたし》が小さいときに、村の茂平《もへい》というおじいさんからきいたお話です。

むかしは、私たちの村のちかくの、中山《なかやま》というところに小さなお城があって、中山さまというおとのさまが、おられたそうです。

その中山から、少しはなれた山の中に、「ごん狐《ぎつね》」と言う狐がいました。ごんは、一人《ひとり》ぼっちの小狐で、しだの一ぱいしげった森の中に穴をほって住んでいました。そして、夜でも昼でも、あたりの村へ出て来て、いたずらばかりしました。はたけへはいって芋をほりちらしたり、菜種《なたね》がらの、ほしてあるのへ火をつけたり、百姓家《ひやくしようや》の裏手につるしてあるとんがらしをむしりとって、いったり、いろんなことをしました。

或秋《あるあき》のことでした。二、三日雨がふりつづいたその間《あいだ》、ごんは、外へも出られなくて穴の中にしゃがんでいました。

雨があがると、ごんは、ほっとして穴からはい出ました。空はからっと晴れていて、百舌鳥《もず》の声がきんきん、ひびいていました。

ごんは、村の小川《おがわ》の堤《つつみ》まで出て来ました。あたりの、すすきの穂には、まだ雨のしずくが光っていました。川はいつもは水が少《すく》ないのですが、三日もの雨で、水が、どっとましていました。ただのときは水につかることのない、川べりのすすきや、萩《はぎ》の株が、黄いろくにごった水に横だおしになって、もまれています。ごんは川下《かわしも》の方へと、ぬかるみみちを歩いていきました。

ふと見ると、川の中に人がいて、何かやっています。ごんは、見つからないように、そうっと草の深いところへ歩きよって、そこからじっとのぞいて見ました。

「兵十《ひょうじゅう》だな」と、ごんは思いました。兵十はぼろぼろの黒いきものをまくし上げて、腰のところまで水にひたりながら、魚をとる、はりきりという、網をゆすぶっていました。はちまきをした顔の横っちょうに、まるい萩の葉が一まい、大きな黒子《ほくろ》みたいにへばりついていました。

しばらくすると、兵十は、はりきり網の一ばんうしろの、袋のようになったところを、水の中からもちあげました。その中には、芝の根や、草の葉や、くさった木ぎれなどが、ごちゃごちゃはいっていましたが、でもところどころ、白いものがきらきら光っています。それは、ふといううなぎの腹や、大きなきすの腹でした。兵十は、びくの中へ、そのうなぎやきすを、ごみと一しょにぶちこみました。そして、また、袋の口をしばって、水の中へ入れました。

兵十はそれから、びくをもって川から上《あが》りびくを土手《どて》においといて、何をさがしにか、川上《かわかみ》の方へかけていきました。

兵十がいなくなると、ごんは、ぴょいと草の中からとび出して、びくのそばへかけつけました。ちょいと、いたずらがしたくなったのです。ごんはびくの中の魚をつかみ出しては、はりきり網のかかっているところより下手《しもて》の川の中を目がけて、ぽんぽんなげこみました。どの魚も、「とぼん」と音を立てながらにごった水の中へもぐりこみました。

一ばんしまいに、太いうなぎをつかみにかかりましたが、何しろぬるぬるとすべりぬけるので、手ではつかめません。ごんはじれったくなって、頭をびくの中につッこんで、うなぎの頭を口にくわえました。うなぎは、キュッと言って、ごんの首へまきつきました。そのとたんに兵十が、向うから、

「うわアぬすと狐め」と、どなりたてました。ごんは、びっくりしてとびあがりました。うなぎをふりすててにげようとしましたが、うなぎは、ごんの首にまきついたままはなれません。ごんはそのまま横っとびにとび出して一しょうけんめいに、にげていきました。

ほら穴の近くの、はんの木の下でふりかえって見ましたが、兵十は追っかけては来ませんでした。

ごんは、ほっとして、うなぎの頭をかみくだき、やっとはずして穴のそとの、草の葉の上にのせておきました。

二

十日《とおか》ほどたって、ごんが、弥助《やすけ》というお百姓の家の裏をとおりかかりますと、そこの、いちじくの木のかげで、弥助の家内《かない》が、おはぐろをつけていました。鍛冶屋《かじや》の新兵衛《しんべえ》の家のうらをとおると、新兵衛の家内が、髪をすいていました。ごんは、

「ふふん、村に何かあるんだな」と思いました。

「何《なん》だろう、秋祭かな。祭なら、太鼓や笛の音がしそうなものだ。それに第一、お宮にのぼりが立つはずだが」

こんなことを考えながらやって来ますと、いつの間《ま》にか、表に赤い井戸のある、兵十の家の前へ来ました。その小さな、こわれかけた家の中には、大勢《おおぜい》の人があつまっていました。よそいきの着物を着て、腰に手拭《てぬぐい》をさげたりした女たちが、表のかまどで火をたいています。大きな鍋《なべ》の

中では、何かぐずぐず煮えていました。

「ああ、葬式だ」と、ごんは思いました。

「兵十の家のだれが死んだんだろう」

お午《ひる》がすぎると、ごんは、村の墓地へ行って、六地蔵《ろくじぞう》さんのかげにかくれていました。いいお天気で、遠く向うにはお城の屋根瓦《やねがわら》が光っています。墓地には、ひがん花《ばな》が、赤い布《きれ》のようにさきつづいていました。と、村の方から、カーン、カーンと鐘《かね》が鳴って来ました。葬式の出る合図《あいず》です。

やがて、白い着物を着た葬列のものたちがやって来るのがちらちら見えはじめました。話声《はなしごえ》も近くなりました。葬列は墓地へはいって来ました。人々が通ったあとには、ひがん花が、ふみおられていました。

ごんはのびあがって見ました。兵十が、白いかみしもをつけて、位牌《いはい》をささげています。いつもは赤いさつま芋《いも》みたいな元気のいい顔が、きょうは何だかしおれていました。

「ははん、死んだのは兵十のおっ母《かあ》だ」

ごんはそう思いながら、頭をひっこめました。

その晩、ごんは、穴の中で考えました。

「兵十のおっ母は、床《とこ》についていて、うなぎが食べたいと言ったにちがいない。それで兵十がはりきりあみをもち出したんだ。ところが、わしがいたずらをして、うなぎをとって来てしまった。だから兵十は、おっ母にうなぎを食べさせることが出来なかった。そのままおっ母は、死んじゃったにちがいない。ああ、うなぎが食べたい、うなぎが食べたいとおもいながら、死んだんだろう。ちょッ、あんないたずらをしなけりゃよかった」

三

兵十が、赤い井戸のところで、麦をといでいました。

兵十は今まで、おっ母と二人《ふたり》きりで貧しいくらしをしていたもので、おっ母が死んでしまっては、もう一人ぼっちでした。

「おれと同じ一人ぼっちの兵十か」

こちらの物置《ものおき》の後《うしろ》から見ていたごんは、そう思いました。

ごんは物置のそばをはなれて、向うへいきかけますと、どこかで、いわしを売る声がします。

「いわしのやすうりだアい。いきのいいいわしだアい」

ごんは、その、いせいのいい声のする方へ走っていきました。と、弥助《やすけ》のおかみさんが裏戸口

から、
「いわしをおくれ」と言いました。いわし売《う》りは、いわしのかごをつんだ車を、道ばたにおいて、ぴかぴか光るいわしを両手でつかんで、弥助の家の中へもってはいりました。ごんはそのすきまに、かごの中から、五、六ぴきのいわしをつかみ出して、もと来た方へかけ出しました。そして、兵十の家の裏口から、家の中へいわしを投げこんで、穴へ向《む》かってかけもどりました。途中の坂の上でふりかえって見ますと、兵十がまだ、井戸のところで麦をといでいるのが小さく見えました。

ごんは、うなぎのつぐないに、まず一つ、いいことをしたと思いました。

つぎの日には、ごんは山で栗《くり》をどっさりひろって、それをかかえて、兵十の家へいきました。裏口からのぞいて見ますと、兵十は、午飯《ひるめし》をたべかけて、茶椀《ちゃわん》をもったまま、ぼんやりと考えこんでいました。へんなことには兵十の頬《ほっ》ぺたに、かすり傷がついています。どうしたんだろうと、ごんが思っていますと、兵十がひとりごとをいいました。

「一たいだれが、いわしなんかをおれの家へほうりこんでいったんだろう。おかげでおれは、盗人《ぬすびと》と思われて、いわし屋のやつに、ひどい目にあわされた」と、ぶつぶつ言っています。

ごんは、これはしまったと思いました。かわいそうに兵十は、いわし屋にぶんなぐられて、あんな傷までつけられたのか。

ごんはこうおもいながら、そっと物置の方へまわってその入口に、栗をおいてかえりました。

つぎの日も、そのつぎの日もごんは、栗をひろっては、兵十の家へもって来てやりました。そのつぎの日には、栗ばかりでなく、まつたけも二、三ぼんもっていきました。

四

月のいい晩でした。ごんは、ぶらぶらあそびに出かけました。中山さまのお城の下を通ってすこしいくと、細い道の向うから、だれか来るようです。話声が聞えます。チンチロリン、チンチロリンと松虫が鳴いています。

ごんは、道の片がわにかくれて、じっとしていました。話声はだんだん近くなりました。それは、兵十と、加助《かすけ》というお百姓でした。

「そうそう、なあ加助」と、兵十がいいました。

「ああん?」

「おれあ、このごろ、とてもふしぎなことがあるんだ」

「何が?」

「おっ母が死んでからは、だれだか知らんが、おれに栗やまつたけなんかを、まいにちまいにちくれるんだよ」

「ふうん、だれが？」

「それがわからんのだよ。おれの知らんうちに、おいていくんだ」

ごんは、ふたりのあとをつけていきました。

「ほんとかい？」

「ほんとだとも。うそと思うなら、あした見に来《こ》いよ。その栗を見せてやるよ」

「へえ、へんなこともあるもんだなア」

それなり、二人はだまって歩いていきました。

加助がひょいと、後《うしろ》を見ました。ごんはびくっとして、小さくなってたちどまりました。加助は、ごんには気がつかないで、そのままさっさとあるきました。吉兵衛《きちべえ》というお百姓の家まで来ると、二人はそこへはいっていきました。ポンポンポンポンと木魚《もくぎょ》の音がしています。窓の障子《しょうじ》にあかりがさしていて、大きな坊主頭《ぼうずあたま》がうつって動いていました。ごんは、

「おねんぶつがあるんだな」と思いながら井戸のそばにしゃがんでいました。しばらくすると、また三人ほど、人がつれだって吉兵衛の家へはいっていきました。お経を読む声がきこえて来ました。

五

ごんは、おねんぶつがすむまで、井戸のそばにしゃがんでいました。兵十と加助はまた一しょにかえっていきます。ごんは、二人の話をきこうと思って、ついていきました。兵十の影法師《かげぼうし》をふみふみいきました。

お城の前まで来たとき、加助が言い出しました。

「さっきの話は、きっと、そりゃあ、神さまのしわざだぞ」

「えっ？」と、兵十はびっくりして、加助の顔を見ました。

「おれは、あれからずっと考えていたが、どうも、そりゃ、人間じゃない、神さまだ、神さまが、お前がたった一人になったのをあわれに思わっしゃって、いろんなものをめぐんで下さるんだよ」

「そうかなあ」

「そうだとも。だから、まいにち神さまにお礼を言うがいいよ」

「うん」

ごんは、へえ、こいつはつまらないなと思いました。おれが、栗や松たけを持っていってやるのに、そのおれにはお礼をいわないで、神さまにお礼をいうんじゃア、おれは、引き合わないなあ。

六

そのあくる日もごんは、栗をもって、兵十の家へ出かけました。兵十は物置で縄《なわ》をなっていました。それでごんは家の裏口から、こっそり中へはいりました。

そのとき兵十は、ふと顔をあげました。と狐が家の中へはいったではありませんか。こないだうなぎをぬすみやがったあのごん狐めが、またいたずらをしに来たな。

「ようし」

兵十は、立ちあがって、納屋《なや》にかけてある火縄銃《ひなわじゅう》をとって、火薬をつめました。

そして足音をしのばせてちかよって、今戸口を出ようとするごんを、ドンと、うちました。ごんは、ばたりとたおれました。兵十はかけよって来ました。家の中を見ると土間《どま》に栗が、かためておいてあるのが目につきました。

「おや」と兵十は、びっくりしてごんに目を落しました。

「ごん、お前《まい》だったのか。いつも栗をくれたのは」

ごんは、ぐったりと目をつぶったまま、うなずきました。

兵十は火縄銃をばたりと、とり落しました。青い煙が、まだ筒口《つつぐち》から細く出ていました。

新美南吉（にいみ なんきち）

一九一三年（大正二）―一九四三年（昭和一八）。愛知県生まれ。中学卒業後、小学校の代用教員をしながら執筆活動を行い、児童雑誌『赤い鳥』に投稿。「ごん狐」「正坊とクロ」などの童話を発表した。一九四二年、初の童話集『おぢいさんのランプ』を刊行したが、翌年、結核によりわずか二十九歳の若さでこの世を去る。

新美南吉は、東京外語学校在学中に結核を患い、その後新人作家として嘱望されながら、わずか二十九歳で世を去った。「ごん狐」は、彼が旧制中学校卒業当時（今日の高校二年修了と同年齢）に書かれた作品である。

狐のお詫びなど、あろうはずもないのだが、昔、狐は普通のけものとは違って、ある種の魔力を持った存在と考えられていた。人をだましたり、人を助けたりするなど、人間に極めて身近な生き物だったのである。

ごん狐のいたずらと、反省、心づかいのやさしさもさることながら、新美南吉の描写は、我々に、失われた田舎の風景をしみじみ思い出させる。ほしてある「菜種がら」、「百姓家の裏手につるしてあるとんがらし」などの描写に触れると、我々は、日常の理屈っぽさを忘れて、「ごん」のやさしさと運命に涙する心を取り戻すのである。

なつかしの
こくご問題

17 **145ページ1行目の「おれは引き合わないなぁ」の「引き合わない」を、現代の表現で正しく言い換えていないものは次のうちどれでしょう？**（3点）

ア．安い日給で、長時間労働では割に合わない。
イ．両チームは綱と綱の端を力いっぱい引き合った。
ウ．流罪となった武士が刀を持てないやるせなさを太鼓にぶつけた。

18 **次の慣用句とその意味を——で正しく結びましょう**（各2点）

A　目にもの見せる・　　・ア　注意して見る
B　目を落とす　　・　　・イ　非常に好きである
C　目を配る　　　・　　・ウ　善し悪しを見分ける力がつくこと
D　目が肥える　　・　　・エ　思い知らせる
E　目がない　　　・　　・オ　足下を見る

高校

こころ

夏目漱石

「こころ」は次のように上中下の三編からなる。

上　先生と私《わたくし》　「私」と「先生」は鎌倉《かまくら》海岸で知り合い、親しくなる。「先生」は、「世の中に出て口を利いては済まない」と働きに出ることもせず暮らしていたが、「私」には教壇に立って指導してくれる偉い人よりも多くを語らない先生の方が偉く見えたのであった。「先生」は、毎月、友人の墓参を欠かさなかったが、その事情については「私」に明かしてくれなかった。「恋は罪悪ですよ」「自分で自分が信用出来ないから、人も信用できないようになっているのです。」などという「先生」の言葉の真意を見出せないまま、「私」は大学を卒業し、故郷へ帰った。

中　両親と私　「私」は故郷で父の看病をしていたが、ある日「先生」からの長い手紙を受け取る。そして先生が自殺したのだということを知る。「私」は急いで三等列車に飛び乗り、「遺書」を開いた。

下　先生と遺書　「先生」からの手紙には、「先生」の暗い過去と自殺に至るまでの心情が記されていた。

以下の「あらすじ」はその「先生からの遺書」の内容で、「私」とは「先生」のことである。

［あらすじ］

故郷新潟県で両親を病気で相次いで失った「私」は、東京の高等学校へ進んだ。三度目の帰京を果たした折、「私」は遺産管理を任せていた叔父《おじ》が財産をごまかしていることに気がつく。人間に対する信用を失った私は故郷を捨てる決意をし、残りの財産をすべて清算し、上京する。東京では、軍人の未亡人と御嬢さんの二人暮らしの家に下宿し、大学に通いはじめた。暖かい親子との暮らしは、厭世的になっていた「私」の心を癒してくれた。そんな折、「私」の幼なじみの「K」が苦境に立たされていることを知る。「K」は真宗寺《でら》の次男として生まれ、医者の養子となっていたが、養家の望む医者の道ではなく、別の道に進みたいと思っていた。やがてその事を養家に手紙で告白するが、離籍されてしまう。さらには実家からも勘当され、経済的に窮地に陥った「K」は、独力で生きるべく努力する。しかし過労がたたり、神経衰弱に苦しむようになった。そんな「K」に同情した「私」は、下宿の奥さんに頼み込んで「K」を同居させてもらう。「K」の病状は次第に回復し、「私」の試みは成功したが、御嬢さんと親しく話す「K」を見て嫉妬を募らせはじめる。そのうち、たびたび御嬢さんの影を「K」の室《へや》に認めるようになり、「私」の「K」への嫉妬《しっと》心は本格化する。御嬢さんの気持ちが「K」に向いているのではないかという疑念にかられた「私」は、結婚の申込みをしようかと考えるが、踏み出せずにいた。奥さんと御嬢さんが朝から出かけていたある日、「K」はいつもに似合わない話をはじめた。

　Kは中々奥さんと御嬢さんの話を已《や》めませんでした。仕舞には私も答えられないような立ち入った事まで聞くのです。私は面倒よりも不思議の感に打たれました。以前私の方から二人を問題にして話しかけた時の彼を思い出すと、私はどうしても彼の調子の変っているところに気が付かずにはいられないのです。私はとうとう何故《なぜ》今日に限ってそんな事ばかり云うのかと彼に尋ねました。その時彼は突然黙りました。然し私は彼の結んだ口元の肉が顫《ふる》えるように動いているのを注視しました。彼は元来無口な男でした。平生から何か云おうとすると、云う前に能く口のあたりをもぐもぐさせる癖がありました。彼の唇がわざと彼の意志に反抗するように容易《たやす》く開《あ》かないところに、彼の言葉の重みも籠《こも》っていたのでしょう。一旦声が口を破って出るとなると、その声には普通の人よりも倍の強い力がありました。

彼の口元を一寸眺めた時、私はまた何か出て来るなとすぐ疳付《かんづ》いたのですが、それが果して何の準備なのか、私の予覚はまるでなかったのです。だから驚ろいたのです。彼の重々しい口から、彼の御嬢さんに対する切ない恋を打ち明けられた時の私を想像して見て下さい。私は彼の魔法棒のために一度に化石されたようなものです。口をもぐもぐさせる働さえ、私にはなくなってしまったのです。

その時の私は恐ろしさの塊りと云いましょうか、又は苦しさの塊りと云いましょうか、何しろ一つの塊りでした。石か鉄のように頭から足の先までが急に固くなったのです。呼吸をする弾力性さえ失われた位に堅くなったのです。幸いな事にその状態は長く続きませんでした。私は一瞬間の後《のち》に、また人間らしい気分を取り戻しました。そうして、すぐ失策《しま》ったと思いました。先《せん》を越されたなと思いました。

然しその先をどうしようという分別はまるで起りません。恐らく起るだけの余裕がなかったのでしょう。私は腋《わき》の下から出る気味のわるい汗が襯衣《シャツ》に滲《し》み透《とお》るのを凝《じっ》と我慢して動かずにいました。Kはその間《あいだ》何時もの通り重い口を切っては、ぽつりぽつりと自分の心を打ち明けて行きます。私は苦しくって堪《たま》りませんでした。おそらくその苦しさは、大きな広告のように、私の顔の上に判然《はっき》りした字で貼《は》り付けられてあったろうと私は思うのです。いくらKでも其所に気の付かない筈はないのですが、彼は又彼で、自分の事に一切を集中しているから、私の表情などに注意する暇がなかったのでしょう。彼の自白は最初から最後まで同じ調子で貫ぬいていました。重くて鈍《のろ》い代りに、とても容易な事では動かせないという感じを私に与えたのです。私の心は半分その自白を聞いていながら、半分どうしようどうしようという念に絶えず掻《か》き乱されていましたから、細《こま》かい点になると殆んど耳へ入らないと同様でしたが、それでも彼の口に出す言葉の調子だけは強く胸に響きました。そのために私は前いった苦痛ばかりでなく、ときには一種の恐ろしさを感ずるようになったのです。つまり相手は自分より強いのだという恐怖の念が萌《きざ》し始めたのです。

Kの話が一通り済んだ時、私は何とも云う事が出来ませんでした。此方《こっち》も彼の前に同じ意味の自白をしたものだろうか、それとも打ち明けずにいる方が得策だろうか、私はそんな利害を考えて黙っていたのではありません。ただ何事も云えなかったのです。又云う気にもならなかったのです。

午食《ひるめし》の時、Kと私は向い合せに席を占めました。下女に給仕をして貰って、私はいつにない不味《まず》い飯を済ませました。二人は食事中も殆んど口を利きませんでした。奥さんと御嬢さんは何時帰るのだか分りませんでした。

…

二人は各自《めいめい》の室《へや》に引き取ったぎり顔を合わせませんでした。Kの静かな事は朝と同じでした。私も凝と考え込んでいました。

私は当然自分の心をKに打ち明けるべき筈だと思いました。然《しか》しそれにはもう時機が後《おく》れてしまったという気も起りました。なぜ先刻《さっき》Kの言葉を遮《さえ》ぎって、此方《こっち》から逆襲しなかったのか、其所が非常な手《て》落《ぬか》りのように見えて来ました。せめてKの後《あと》に続いて、自分は自分の思う通りをその場で話してしまったら、まだ好かったろうにとも考えました。Kの自白に一段落が付いた今となって、此方《こっち》から又同じ事を切り出すのは、どう思案しても変でした。私はこの不自然に打ち勝つ方法を知らなかったのです。私の頭は悔恨に揺《ゆ》られてぐらぐらしました。

私はKが再び仕切りの襖を開けて向うから突進してきてくれれば好《い》いと思いました。私に云わせれば、先刻《さっき》はまるで不意撃《ふいうち》に会ったも同じでした。私にはKに応ずる準備も何もなかったのです。私は午前に失なったものを、今度は取り戻そうという下心を持っていました。それで時々眼を上げて、襖を眺めました。然しその襖は何時まで経っても開きません。そうしてKは永久に静なのです。

その内私の頭は段々この静かさに掻き乱されるようになって来ました。Kは今襖の向で何を考えているだろうと思うと、それが気になって堪らないのです。不断もこんな風に御互が仕切一枚を間に置いて黙り合っている場合は始終あったのですが、私はKが静であればある程、彼の存在を忘れるのが普通の状態だったのですから、その時の私は余程調子が狂っていたものと見なければなりません。それでいて私は此方《こっち》から進んで襖を開ける事が出来なかったのです。一旦云いそびれた私は、また向うから働らき掛けられる時機を待つより外に仕方がなかったのです。

仕舞に私は凝としておられなくなりました。無理に凝としていれば、Kの部屋へ飛び込みたくなるのです。私は仕方なしに立って縁側へ出ました。其所《そこ》から茶の間へ来て、何という目的もなく、鉄瓶《てつびん》の湯を湯呑に注いで一杯呑みました。それから玄関へ出ました。私はわざとKの室を回避するようにして、こんな風に自分を往来の真中に見出したのです。私には無論何処へ行くという的《あて》もありません。ただ凝としていられないだけでした。それで方角も何も構わずに、正月の町を、無暗に歩き廻ったのです。私の頭はいくら歩いてもKの事で一杯になっていました。私もKを振い落す気で歩き廻る訳ではなかったのです。寧ろ自分から進んで彼の姿を咀嚼《そしゃく》しながらうろついていたのです。

私には第一に彼が解しがたい男のように見えました。どうしてあんな事を突然私に打ち明けたのか、又どうして打ち明けなければいられない程に、彼の恋が募って来たのか、そうして平生の彼は何処に吹き飛ばされてしまったのか、凡て私には解しにくい問題でした。私は彼の強い事を知っていました。又彼の真面目な事を知っていました。私はこれから私の取るべき態度を決する前に、彼について聞かなければならない多くを有《も》っていると信じました。同時にこれからさき彼を相手にするのが変に気味が悪かったのです。私は夢中に町の中を歩きながら、自分の室に凝と坐っている彼の容貌を始終眼の前に描き出しました。しかもいくら私が歩いても彼を動かす事は到底出来ないのだという声が何処かで聞こえるのです。つまり私には彼が一種の魔物のように思えたからでしょう。私は永久彼に祟られたのではなかろうかという気さえしました。

私が疲れて宅へ帰った時、彼の室は依然として人気のないように静でした。

…

ある日私は久し振に学校の図書館に入《はい》りました。私は広い机の片隅で窓から射す光線を半身に受けながら、新着の外国雑誌を、あちら此方《こちら》と引繰り返して見ていました。私は担任教師から専攻の学科に関して、次の週までにある事項を調べて来いと命ぜられたのです。然し私に必要な事柄が中々見付からないので、私は二度も三度も雑誌を借り替えなければなりませんでした。最後に私はやっと自分に必要な論文を探し出して、一心にそれを読み出しました。すると突然幅の広い机の向う側から小さな声で私の名を呼ぶものがあります。私は不図眼を上げて其所に立っているKを見ました。Kはその上半身を机の上に折り曲るようにして、彼の顔を私に近付けました。御承知の通り図書館では他の人の邪魔になるような大きな声で話をする訳に行かないのですから、Kのこの所作は誰でも遣る普通の事なのですが、私はその時に限って、一種変な心持がしました。

Kは低い声で勉強かと聞きました。私は一寸調べものがあるのだと答えました。それでもKはまだその顔を私から放しません。同じ低い調子で一所に散歩をしないかというのです。私は少し待っていれば為《し》ても可《い》いと答えました。彼は待っていると云ったまま、すぐ私の前の空席に腰を卸しました。すると私は気が散って急に雑誌が読めなくなりました。何だかKの胸に一物《いちもつ》があって、談判でもしに来られたように思われて仕方がないのです。私は已を得ず読みかけた雑誌を伏せて、立ち上がろうとしました。Kは落付き払ってもう済んだのかと聞きます。私はどうでも可《い》いのだと答えて、雑誌を返すと共に、Kと図書館を出ました。

二人は別に行く所もなかったので、龍岡町《たつおかちょう》から池《いけ》の端《はた》へ出て、上野の公園の中へ入りました。その時彼は例の事件について、突然向うから口を切りました。前後の様子を綜合《そうごう》して考えると、Kはそのために私をわざわざ散歩に引っ張出したらしいのです。けれども彼の態度はまだ実際的の方面へ向ってちっとも進んでいませんでした。彼は私に向って、ただ漠然と、どう思うと云うのです。どう思うというのは、そうした恋愛の淵《ふち》に陥いった彼を、どんな眼で私が眺めるかという質問なのです。一言《いちごん》でいうと、彼は現在の自分について、私の批判を求めたい様なのです。其所に私は彼の平生と異なる点を確かに認める事が出来たと思いました。度々《たびたび》繰り返すようですが、彼の天性は他《ひと》の思わくを憚《はば》かる程弱く出来上ってはいなかったのです。こうと信じたら一人でどんどん進んで行くだけの度胸もあり勇気もある男なのです。養家事件でその特色を強く胸の裏《うち》に彫り付けられた私が、これは様子が違うと明らかに意識したのは当然の結果なのです。

私がKに向って、この際何んで私の批評が必要なのかと尋ねた時、彼は何時もにも似ない悄然《しょうぜん》とした口調で、自分の弱い人間であるのが実際恥《は》ずかしいと云いました。そうして迷っているから自分で自分が分らなくなってしまったので、私に公平な批評を求めるより外に仕方がないと云いました。私は隙《す》かさず迷うという意味を聞き糺《ただ》しました。彼は進んで可《か》いか退ぞいて可いか、それに迷うのだと説明しました。私はすぐ一歩先へ出ました。そうして退ぞこうと思えば退ぞけるのかと彼に聞きました。すると彼の言葉が其所で不意に行き詰りました。彼はただ苦しいと云っただけでした。実際彼の表情には苦しそうなところがありありと見えていました。もし相手が御嬢さんでなかったならば、私はどんなに彼に都合の好《い》い返事を、その渇き切った顔の上に慈雨の如く注いで遣ったか分りません。私はその位の美くしい同情を有って生れて来た人間と自分ながら信じています。然しその時の私は違っていました。

…

私は丁度他流試合でもする人のようにKを注意して見ていたのです。私は、私の眼、私の心、私の身体《からだ》、すべて私という名の付くものを五分《ぶ》の隙間《すきま》もないように用意して、Kに向ったのです。罪のないKは穴だらけというより寧ろ明け放しと評するのが適当な位に無用心でした。私は彼自身の手から、彼の保管している要塞《ようさい》の地図を受取って、彼の眼の前でゆっくりそれを眺める事が出来たも同じでした。
　Ｋが理想と現実の間に彷徨《ほうこう》してふらふらしているのを発見した私は、ただ一打《ひとうち》で彼を倒す事ができるだろうという点にばかり眼を着けました。そうしてすぐ彼の虚に付け込んだのです。私は彼に向って急に厳粛な改たまった態度を示し出しました。無論策略からですが、その態度に相応する位な緊張した気分もあったのですから、自分に滑稽《こっけい》だの羞恥《しゅうち》だのを感ずる余裕はありませんでした。私は先ず「精神的に向上心のないものは馬鹿だ」と云い放ちました。これは二人で房州を旅行している際、Ｋが私に向って使った言葉です。私は彼の使った通りを、彼と同じような口調で、再び彼に投げ返したのです。然し決して復讐《ふくしゅう》ではありません。私は復讐以上に残酷な意味を有《も》っていたという事を自白します。私はその一言《いちごん》でＫの前に横たわる恋の行手を塞ごうとしたのです。

　Ｋは真宗寺に生れた男でした。然し彼の傾向は中学時代から決して生家の宗旨に近いものではなかったのです。教義上の区別をよく知らない私が、こんな事をいう資格に乏しいのは承知していますが、私はただ男女《なんにょ》に関係した点についてのみ、そう認めていたのです。Ｋは昔しから精進という言葉が好《すき》でした。私はその言葉の中に、禁欲という意味も籠っているのだろうと解釈していました。然し後で実際を聞いて見ると、それよりもまだ厳重な意味が含まれているので、私は驚ろきました。道のためには凡てを犠牲にすべきものだと云うのが彼の第一信条なのですから、摂欲《せつよく》や禁欲は無論、たとい欲を離れた恋そのものでも道の妨害《さまたげ》になるのです。Ｋが自活生活をしている時分に、私はよく彼から彼の主張を聞かされたのでした。その頃《ころ》から御嬢さんを思っていた私は、勢いどうしても彼に反対しなければならなかったのです。私が反対すると、彼は何時でも気の毒そうな顔をしました。其所には同情よりも侮蔑《ぶべつ》の方が余計に現われていました。

こういう過去を二人の間に通り抜けて来ているのですから、精神的に向上心のないものは馬鹿だという言葉は、Kに取って痛いに違いなかったのです。然し前にも云った通り、私はこの一言《いちごん》で、彼が折角積み上げた過去を蹴散《けち》らした積りではありません。却ってそれを今まで通り積み重ねて行かせようとしたのです。それが道に達しようが、天に届こうが、私は構いません。私はただKが急に生活の方向を転換して、私の利害と衝突するのを恐れたのです。要するに私の言葉は単なる利己心の発現でした。

「精神的に向上心のないものは、馬鹿だ」

私は二度同じ言葉を繰り返しました。そうして、その言葉がKの上にどう影響するかを見詰めていました。

「馬鹿だ」とやがてKが答えました。「僕は馬鹿だ」

Kはぴたりと其所へ立ち留ったまま動きません。彼は地面の上を見詰めています。私は思わずぎょっとしました。私にはKがその刹那《せつな》に居直り強盗の如く感ぜられたのです。然しそれにしては彼の声が如何にも力に乏しいという事に気が付きました。私は彼の眼遣《めづかい》を参考にしたかったのですが、彼は最後まで私の顔を見ないのです。そうして、徐々《そろそろ》と又歩き出しました。

…

私はKと並んで足を運ばせながら、彼の口を出る次の言葉を腹の中で暗に待ち受けました。或《あるい》は待ち伏せと云った方がまだ適当かも知れません。その時の私はたといKを騙《だま》し打ちにしても構わない位に思っていたのです。然し私にも教育相当の良心はありますから、もし誰か私の傍《そば》へ来て、御前《おまえ》は卑怯《ひきょう》だと一言私語《ひとことささや》いてくれるものがあったなら、私はその瞬間に、はっと我に立ち帰ったかも知れません。もしKがその人であったなら、私は恐らく彼の前に赤面したでしょう。ただKは私を窘《たしな》めるには余りに正直でした。余りに単純でした。余りに人格が善良だったのです。目のくらんだ私は、其所に敬意を払う事を忘れて、却って其所に付け込んだのです。其所を利用して彼を打ち倒そうとしたのです。

Kはしばらくして、私の名を呼んで私の方を見ました。今度は私の方で自然と足を留めました。するとKも留まりました。私はその時やっとKの眼を真《ま》向《むき》に見る事が出来たのです。Kは私より脊《せい》の高い男でしたから、私は勢い彼の顔を見上げるようにしなければなりません。私はそうした態度で、狼《おおかみ》の如き心を罪のない羊に向けたのです。

「もうその話は止めよう」と彼が云いました。彼の眼にも彼の言葉にも変に悲痛なところがありました。私は一寸挨拶が出来なかったのです。するとKは、「止《や》めてくれ」と今度は頼むように云い直しました。私はその時彼に向って残酷な答を与えたのです。狼が隙《すき》を見て羊の咽喉笛《のどぶえ》へ食《くら》い付くように。

「止《や》めてくれって、僕が云い出した事じゃない、もともと君の方から持ち出した話じゃないか。然し君が止めたければ、止めても可《い》いが、ただ口の先で止めたって仕方があるまい。君の心でそれを止めるだけの覚悟がなければ。一体君は君の平生の主張をどうする積りなのか」

私がこう云った時、脊《せい》の高い彼は自然と私の前に萎縮《いしゅく》して小さくなるような感じがしました。彼はいつも話す通り頗《すこぶ》る強情な男でしたけれども、一方では又人一倍の正直者でしたから、自分の矛盾などをひどく非難される場合には、決して平気でいられない質《たち》だったのです。私は彼の様子を見て漸《よう》やく安心しました。すると彼は卒然「覚悟?」と聞きました。そうして私がまだ何とも答えない先に「覚悟、

――覚悟ならない事もない」と付け加えました。彼の調子は独言《ひとりごと》のようでした。又夢の中の言葉のようでした。

二人はそれぎり話を切り上げて、小石川の宿の方に足を向けました。割合に風のない暖たかな日でしたけれども、何しろ冬の事ですから、公園のなかは淋《さび》しいものでした。ことに霜に打たれて蒼味《あおみ》を失った杉の木立の茶褐色が、薄黒い空の中に、梢《こずえ》を並べて聳《そび》えているのを振り返って見た時は、寒さが脊中へ噛《かじ》り付いたような心持がしました。我々は夕暮の本郷台を急ぎ足でどしどし通り抜けて、又向うの岡へ上るべく小石川の谷へ下りたのです。私はその頃《ころ》になって、漸く外套の下に体《たい》の温味を感じ出した位です。

急いだためでもありましょうが、我々は帰り路には殆ど口を聞きませんでした。宅へ帰って食卓に向った時、奥さんはどうして遅くなったのかと尋ねました。私はKに誘われて上野へ行ったと答えました。奥さんはこの寒いのにと云って驚ろいた様子を見せました。御嬢さんは上野に何があったのかと聞きたがります。私は何もないが、ただ散歩したのだという返事だけして置きました。平生から無口なKは、いつもより猶《なお》黙っていました。奥さんが話しかけても、御嬢さんが笑っても、碌《ろく》な挨拶はしませんでした。それから飯を呑み込むように掻き込んで、私がまだ席を立たないうちに、自分の室へ引き取りました。

…

その頃は覚醒《かくせい》とか新らしい生活とかいう文字《もんじ》のまだない時分でした。然しKが古い自分をさらりと投げ出して、一意に新らしい方角へ走り出さなかったのは、現代人の考えが彼に欠けていたからではないのです。彼には投げ出す事の出来ない程尊《たっ》とい過去があったからです。彼はそのために今日《こんにち》まで生きて来たと云っても可《い》い位なのです。だからKが一直線に愛の目的物に向って猛進しないと云って、決してその愛の生温《なまぬる》い事を証拠立てる訳には行きません。いくら熾烈《しれつ》な感情が燃えていても、彼は無暗に動けないのです。前後を忘れる程の衝動が起る機会を彼に与えない以上、Kはどうしても一寸踏み留まって自分の過去を振り返らなければならなかったのです。そうすると過去が指し示す路を今まで通り歩かなければならなくなるのです。その上彼には現代人の有たない強情と我慢がありました。私はこの双方の点に於て能く彼の心を見抜いていた積りなのです。

上野から帰った晩は、私に取って比較的安静な夜《よ》でした。私はKが室へ引き上げたあとを追い懸けて、彼の机の傍《そば》に坐り込みました。そうして取り留めもない世間話をわざと彼に仕向けました。彼は迷惑そうでした。私の眼には勝利の色が多少輝いていたでしょう、私の声にはたしかに得意の響があったのです。私はしばらくKと一つ火鉢に手を翳《かざ》した後《あと》、自分の室に帰りました。外の事にかけては何をしても彼に及ばなかった私も、その時だけは恐るるに足りないという自覚を彼に対して有っていたのです。

私は程なく穏やかな眠に落ちました。然し突然私の名を呼ぶ声で眼を覚ましました。見ると、間の襖《ふすま》が二尺《しゃく》ばかり開《あ》いて、其所にKの黒い影が立っています。そうして彼の室には宵《よい》の通りまだ燈火《あかり》が点《つ》いているのです。急に世界の変った私は、少しの間《あいだ》口を利く事も出来ずに、ぼうっとして、その光景を眺めていました。

その時Kはもう寝たのかと聞きました。Kは何時でも遅くまで起きている男でした。私は黒い影法師のようなKに向って、何か用かと聞き返しました。Kは大した用でもない、ただもう寝たか、まだ起きているかと思って、便所へ行った序《ついで》に聞いて見ただけだと答えました。Kは洋燈《ランプ》の灯《ひ》を脊中に受けているので、彼の顔色や眼つきは、全く私には分りませんでした。けれども彼の声は不断よりも却って落付いていた位でした。

Kはやがて開けた襖をぴたりと立て切りました。私の室はすぐ元の暗闇《くらやみ》に帰りました。私はその暗闇より静かな夢を見るべく又眼を閉じました。私はそれぎり何も知りません。然し翌朝《よくあさ》になって、昨夕《ゆうべ》の事を考えて見ると、何だか不思議でした。私はことによると、凡てが夢ではないかと思いました。それで飯を食う時、Kに聞きました。Kはたしかに襖を開けて私の名を呼んだと云います。何故そんな事をしたのかと尋ねると、別に判然《はっきり》した返事もしません。調子の抜けた頃になって、近頃は熟睡が出来るのかと却って向うから私に問うのです。私は何だか変に感じました。

その日は丁度同じ時間に講義の始まる時間割になっていたので、二人はやがて一所に宅《うち》を出ました。今朝から昨夕の事が気に掛っている私は、途中でまたKを追窮しました。けれどもKはやはり私を満足させるような答をしません。私はあの事件に付いて何か話す積りではなかったのかと念を押して見ました。Kはそうではないと強い調子で云い切りました。昨日《きのう》上野で「その話はもう止めよう」と云ったではないかと注意する如くにも聞こえました。Kはそういう点に掛けて鋭どい自尊心を有った男なのです。不図其所《ふとそこ》に気のついた私は突然彼の用いた「覚悟」という言葉を連想し出しました。すると今までまるで気にならなかったその二字が妙な力で私の頭を抑え始めたのです。

…

Kの果断に富んだ性格は私によく知れていました。彼のこの事件に就《つ》いてのみ優柔な訳も私にはちゃんと呑み込めていたのです。つまり私は一般を心得た上で、例外の場合をしっかり攫《つら》まえた積りで得意だったのです。ところが「覚悟」という彼の言葉を、頭のなかで何遍《なんべん》も咀嚼《そしゃく》しているうちに、私の得意はだんだん色を失なって、仕舞にはぐらぐら揺《うご》き始めるようになりました。私はこの場合も或は彼にとって例外でないのかも知れないと思い出したのです。凡ての疑惑、煩悶《はんもん》、懊悩《おうのう》、を一度に解決する最後の手段を、彼は胸のなかに畳み込んでいるのではなかろうかと疑《うた》ぐり始めたのです。そうした新らしい光で覚悟の二字を眺め返して見た私は、はっと驚きました。その時の私が若《も》しこの驚ろきを以て、もう一返彼の口にした覚悟の内容を公平に見廻したらば、まだ可かったかも知れません。悲しい事に私は片眼《めっかち》でした。私はただKが御嬢さんに対して進んで行くという意味にその言葉を解釈しました。果断に富んだ彼の性格が、恋の方面に発揮されるのが即《すなわ》ち彼の覚悟だろうと一図に思い込んでしまったのです。

私は私にも最後の決断が必要だという声を心の耳で聞きました。私はすぐその声に応じて勇気を振り起しました。私はKより先に、しかもKの知らない間《ま》に、事を運ばなくてはならないと覚悟を極めました。私は黙って機会を覘《ねら》っていました。しかし二日経っても三日経っても、私はそれを捕《つら》まえる事が出来ません。私はKのいない時、又御嬢さんの留守な折を待って、奥さんに談判を開こうと考えたのです。然し片方がいなければ、片方が邪魔をするといった風の日ばかり続いて、どうしても「今だ」と思う好都合が出て来てくれないのです。私はいらいらしました。

一週間の後《のち》私はとうとう堪《た》え切れなくなって仮病を遣《つか》いました。奥さんからも御嬢さんからも、K自身からも、起きろという催促を受けた私は、生返事をしただけで、十時頃まで蒲団《ふとん》を被《かぶ》って寝ていました。私はKも御嬢さんもいなくなって、家《いえ》の内《なか》がひっそり静まった頃を見計って寝床を出ました。私の顔を見た奥さんは、すぐ何処が悪いかと尋ねました。食物《たべもの》は枕元へ運んでやるから、もっと寝ていたら可かろうと忠告してもくれました。身体に異状のない私は、とても寝る気にはなれません。顔を洗って何時もの通り茶の間で飯を食いました。その時奥さんは長火鉢の向側から給仕をしてくれたのです。私は朝飯《あさめし》とも午飯《ひるめし》とも片付かない茶椀を手に持ったまま、どんな風に問題を切り出したものだろうかと、そればかりに屈託していたから、外観からは実際気分の好くない病人らしく見えただろうと思います。

私は飯を終《しま》って烟草《たばこ》を吹かし出しました。私が立たないので奥さんも火鉢の傍《そば》を離れる訳に行きません。下女を呼んで膳《ぜん》を下げさせた上、鉄瓶に水を注《さ》したり、火鉢の縁《ふち》を拭いたりして、私に調子を合わせています。私は奥さんに特別な用事でもあるのかと問いました。奥さんはいいえと答えましたが、今度は向うで何故ですと聞き返して来ました。私は実は少し話したい事があるのだと云いました。奥さんは何ですかと云って、私の顔を見ました。奥さんの調子はまるで私の気分に這入り込めないような軽いものでしたから、私は次に出すべき文句も少し渋りました。

私は仕方なしに言葉の上で、好《い》い加減にうろつき廻った末、Kが近頃何か云いはしなかったかと奥さんに聞いて見ました。奥さんは思いも寄らないという風をして、「何を？」とまた反問して来ました。そうして私の答える前に、「貴方には何か仰《おっし》ゃったんですか」と却って向《むこう》で聞くのです。

…

Kから聞かされた打ち明け話を、奥さんに伝える気のなかった私《わたくし》は、「いいえ」といってしまった後で、すぐ自分の嘘を快からず感じました。仕方がないから、別段何も頼まれた覚《おぼえ》はないのだから、Ｋに関する用件ではないのだと云い直しました。奥さんは「そうですか」と云って、後を待っています。私はどうしても切り出さなければならなくなりました。私は突然「奥さん、御嬢さんを私に下さい」と云いました。奥さんは私の予期してかかった程驚ろいた様子も見せませんでしたが、それでも少時《しばらく》返事が出来なかったものと見えて、黙って私の顔を眺めていました。一度い云出した私は、いくら顔を見られても、それに頓着《とんじやく》などはしていられません。「下さい、是非下さい」と云いました。「私の妻《つま》として是非下さい」と云いました。奥さんは年を取っているだけに、私よりもずっと落付いていました。「上げてもいいが、あんまり急じゃありませんか」と聞くのです。私が「急に貰いたいのだ」とすぐ答えたら笑い出しました。そうして「よく考えたのですか」と念を押すのです。私は云い出したのは突然でも、考えたのは突然でないという訳を強い言葉で説明しました。

それから未だ二つ三つの問答がありましたが、私はそれを忘れてしまいました。男のように判然《はきはき》したところのある奥さんは、普通の女と違ってこんな場合には大変心持よく話の出来る人でした。「宜《よ》ござんす、差し上げましょう」と云いました。「差し上げるなんて威張った口の利ける境遇ではありません。どうぞ貰って下さい。御存じの通り父親のない憐《あわ》れな子です」と後では向うから頼みました。

話は簡単でかつ明瞭に片付いてしまいました。最初から仕舞までに恐らく十五分とは掛らなかったでしょう。奥さんは何の条件も持ち出さなかったのです。親類に相談する必要もない、後から断ればそれで沢山だと云いました。本人の意嚮《いこう》さえたしかめるに及ばないと明言しました。そんな点になると、学問をした私の方が、却って形式に拘泥《こうでい》する位に思われたのです。親類はとにかく、当人にはあらかじめ話して承諾を得るのが順序らしいと私が注意した時、奥さんは「大丈夫です。本人が不承知の所へ、私があの子を遣る筈がありませんから」と云いました。

自分の室《へや》へ帰った私は、事のあまりに訳もなく進行したのを考えて、却って変な気持になりました。果して大丈夫なのだろうかという疑念さえ、どこからか頭の底に這《は》い込んで来た位です。けれども大体の上に於て、私の未来の運命は、これで定められたのだという観念が私の凡てを新たにしました。

私は午頃《ひるごろ》又茶の間へ出掛けて行って、奥さんに、今朝の話を御嬢さんに何時通じてくれる積りかと尋ねました。奥さんは、自分さえ承知していれば、いつ話しても構わなかろうというような事をいうのです。こうなると何だか私よりも相手の方が男みたようなので、私はそれぎり引き込もうとしました。するとと奥さんが私を引き留めて、もし早い方が希望ならば、今日でも可《い》い、稽古《けいこ》から帰って来たら、すぐ話そうと云うのです。私はそうして貰う方が都合が好《い》いと答えて又自分の室に帰りました。然し黙って自分の机の前に坐って、二人のこそこそ話を遠くから聞いている私を想像して見ると、何だか落ち付いていられないような気もするのです。私はとうとう帽子を被って表へ出ました。そうして又坂の下で御嬢さんに行き合いました。何にも知らない御嬢さんは私を見て驚ろいたらしかったのです。私が帽子を脱《と》って「今お帰り」と尋ねると、向うではもう病気は癒《なお》ったのかと不思議そうに聞くのです。私は「ええ癒りました、癒りました」と答えて、ずんずん水道橋の方へ曲ってしまいました。

…

私は猿楽町《さるがくちょう》から神保町《じんぼうちょう》の通りへ出て、小川町《おがわまち》の方へ曲りました。私がこの界隈《かいわい》を歩くのは、何時も古本屋をひやかすのが目的でしたが、その日は手摺《てずれ》のした書物などを眺める気が、どうしても起らないのです。私は歩きながら絶えず宅の事を考えていました。私には先刻《さつき》の奥さんの記憶がありました。それから御嬢さんが宅へ帰ってからの想像がありました。私はつまりこの二つのもので歩かせられていた様なものです。その上私は時々往来の真中で我知らず不図立ち留まりました。そうして今頃は奥さんが御嬢さんにもうあの話をしている時分だろうなどと考えました。また或時は、もうあの話が済んだ頃だとも思いました。

私はとうとう万世橋《まんせいばし》を渡って、明神《みょうじん》の坂を上《あが》って、本郷台へ来て、それから又菊坂《きくざか》を下りて、仕舞に小石川の谷へ下りたのです。私の歩いた距離はこの三区に跨《また》がって、いびつな円を描いたとも云われるでしょうが、私はこの長い散歩の間殆んどKの事を考えなかったのです。今その時の私を回顧して、何故《なぜ》だと自分に聞いて見ても一向分りません。ただ不思議に思うだけです。私の心がKを忘れ得る位、一方に緊張していたと見ればそれまでですが、私の良心が又それを許すべき筈はなかったのですから。

Kに対する私の良心が復活したのは、私が宅の格子を開けて、玄関から坐敷へ通る時、即ち例のごとく彼の室を抜けようとした瞬間でした。彼は何時もの通り机に向って書見をしていました。彼は何時もの通り書物から眼を放して、私を見ました。然し彼は何時もの通り今帰ったのかとは云いませんでした。彼は「病気はもう癒《い》いのか、医者へでも行ったのか」と聞きました。私はその刹那に、彼の前に手を突いて、詫《あや》まりたくなったのです。しかも私の受けたその時の衝動は決して弱いものではなかったのです。もしKと私がたった二人曠野《こうや》の真中にでも立っていたならば、私はきっと良心の命令に従って、その場で彼に謝罪したろうと思います。然し奥には人がいます。私の自然はすぐ其所で食い留められてしまったのです。そうして悲しい事に永久に復活しなかったのです。

　夕飯《ゆうめし》の時Kと私はまた顔を合せました。何にも知らないKはただ沈んでいただけで、少しも疑い深い眼を私に向けません。何にも知らない奥さんは何時もより嬉しそうでした。私だけが凡てを知っていたのです。私は鉛のような飯を食いました。その時御嬢さんは何時ものようにみんなと同じ食卓に並びませんでした。奥さんが催促すると、次の室で只今と答えるだけでした。それをKは不思議そうに聞いていました。仕舞にどうしたのかと奥さんに尋ねました。奥さんは大方極りが悪いのだろうと云って、一寸私の顔を見ました。Kは猶《なお》不思議そうに、なんで極《きまり》が悪いのかと追窮しに掛りました。奥さんは微笑しながら又私の顔を見るのです。

　私は食卓に着いた初から、奥さんの顔付で、事の成行を略《ほぼ》推察していました。然しKに説明を与えるために、私のいる前で、それを悉《ことごと》く話されては堪らないと考えました。奥さんはまたその位の事を平気でする女なのですから、私はひやひやしたのです。幸《さいわい》にKは又元の沈黙に帰りました。平生より多少機嫌のよかった奥さんも、とうとう私の恐れを抱《いだ》いている点までは話を進めずにしまいました。私はほっと一息して室へ帰りました。然し私がこれから先Kに対して取るべき態度は、どうしたものだろうか、私はそれを考えずにはいられませんでした。私は色々の弁護を自分の胸で拵《こし》らえて見ました。けれども何《ど》の弁護もKに対して面と向うには足りませんでした。卑怯《ひきょう》な私は終《つい》に自分で自分をKに説明するのが厭《いや》になったのです。

…

私はそのまま二三日過ごしました。その二三日の間Kに対する絶えざる不安が私の胸を重くしていたのは云うまでもありません。私はただでさえ何とかしなければ、彼に済まないと思ったのです。その上奥さんの調子や、御嬢さんの態度が、始終私を突ッつくように刺戟《しげき》するのですから、私は猶辛かったのです。何処か男らしい気性を具えた奥さんは、何時私の事を食卓でKに素《す》っぱ抜かないとも限りません。それ以来ことに目立つように思えた私に対する御嬢さんの挙止動作も、Kの心を曇らす不審の種とならないとは断言出来ません。私は何とかして、私とこの家族との間に成り立った新らしい関係を、Kに知らせなければならない位置に立ちました。然し倫理的に弱点をもっていると、自分で自分を認めている私には、それがまた至難の事のように感ぜられたのです。

私は仕方がないから、奥さんに頼んでKに改ためてそう云って貰おうかと考えました。無論私のいない時にです。然しありのままを告げられては、直接と間接の区別があるだけで、面目《めんぼく》のないのに変りはありません。と云って、拵え事を話して貰おうとすれば、奥さんからその理由を詰問されるに極っています。もし奥さんに総ての事情を打ち明けて頼むとすれば、私は好んで自分の弱点を自分の愛人とその母親の前に曝《さら》け出さなければなりません。真面目《まじめ》な私には、それが私の未来の信用に関するとしか思われなかったのです。結婚する前から恋人の信用を失うのは、たとい一分一厘でも、私には堪え切れない不幸のように見えました。

要するに私は正直な路を歩く積りで、つい足を滑らした馬鹿ものでした。もしくは狡猾《こうかつ》な男でした。そうして其所に気のついているものは、今のところただ天と私の心だけだったのです。然し立ち直って、もう一歩前へ踏み出そうとするには、今滑った事を是非とも周囲の人に知られなければならない窮境に陥いったのです。私は飽くまで滑った事を隠したがりました。同時に、どうしても前へ出ずにはいられなかったのです。私はこの間に挟《はさ》まってまた立ち竦《すく》みました。

五六日経った後《のち》、奥さんは突然私に向って、Kにあの事を話したかと聞くのです。私はまだ話さないと答えました。すると何故話さないのかと、奥さんが私を詰《なじ》るのです。私はこの問の前に固くなりました。その時奥さんが私を驚ろかした言葉を、私は今でも忘れずに覚えています。

「道理で妾《わたし》が話したら変な顔をしていましたよ。貴方《あなた》もよくないじゃありませんか。平生あんなに親しくしている間柄だのに、黙って知らん顔をしているのは」

私はKがその時何か云いはしなかったかと奥さんに聞きました。奥さんは別段何にも云わないと答えました。然し私は進んでもっと細かい事を尋ねずにはいられませんでした。奥さんは固《もと》より何も隠す訳がありません。大した話もないがと云いながら、一々Kの様子を語って聞かせてくれました。

奥さんの云うところを綜合して考えて見ると、Kはこの最後の打撃を、最も落付いた驚《おどろき》をもって迎えたらしいのです。Kは御嬢さんと私との間に結ばれた新らしい関係に就いて、最初はそうですかとただ一口云っただけだったそうです。然し奥さんが、「あなたも喜こんで下さい」と述べた時、彼ははじめて奥さんの顔を見て微笑を洩《も》らしながら、「御目出とう御座います」と云ったまま席を立ったそうです。そうして茶の間の障子を開ける前に、また奥さんを振り返って、「結婚は何時ですか」と聞いたそうです。それから「何か御祝いを上げたいが、私は金がないから上げる事が出来ません」と云ったそうです。奥さんの前に坐っていた私は、その話を聞いて胸が塞《ふさが》るような苦しさを覚えました。

…

　勘定して見ると奥さんがKに話をしてからもう二日余りになります。その間Kは私に対して少しも以前と異《こと》なった様子を見せなかったので、私は全くそれに気が付かずにいたのです。彼の超然とした態度はたとい外観だけにもせよ、敬服に値《あたい》すべきだと私は考えました。彼と私を頭の中で並べてみると、彼の方が遙かに立派に見えました。「おれは策略で勝っても人間としては負けたのだ」という感じが私の胸に渦巻いて起りました。私はその時さぞKが軽蔑している事だろうと思って、一人で顔を赧《あか》らめました。然し今更Kの前に出て、恥を掻《か》かせられるのは、私の自尊心にとって大いな苦痛でした。

　私が進もうか止《よ》そうかと考えて、ともかくも翌日《あくるひ》まで待とうと決心したのは土曜の晩でした。ところがその晩に、Kは自殺して死んでしまったのです。

　私は今でもその光景を思い出すと慄然《ぞっ》とします。いつも東枕で寝る私が、その晩に限って、偶然西枕に床を敷いたのも、何かの因縁かも知れません。私は枕元から吹き込む寒い風で不図眼を覚したのです。見ると、何時も立て切ってあるKと私の室との仕切の襖《ふすま》が、この間の晩と同じ位開《あ》いています。けれどもこの間のように、Kの黒い姿は其所には立っていません。私は暗示を受けた人のように、床の上に肱《ひじ》を突いて起き上りながら、屹《きっ》とKの室を覗《のぞ》きました。洋燈《ランプ》が暗く点《とも》っているのです。それで床も敷いてあるのです。しかし掛蒲団は跳返されたように裾《すそ》の方に重なり合っているのです。そうしてK自身は向うむきに突ッ伏しているのです。

　私はおいと云って声を掛けました。然し何の答もありません。おいどうかしたのかと私は又Kを呼びました。それでもKの身体は些《ちっ》とも動きません。私はすぐ起き上って、敷居際《しきいぎわ》まで行きました。其所から彼の室の様子を、暗い洋燈の光で見廻して見ました。

その時私の受けた第一の感じは、Kから突然恋の自白を聞かされた時のそれと略《ほぼ》同じでした。私の眼は彼の室の中を一目見るや否や、あたかも硝子《ガラス》で作った義眼のように、動く能力を失いました。私は棒立に立竦《たちすく》みました。それが疾風の如く私を通過したあとで、私は又ああ失策《しま》ったと思いました。もう取り返しが付かないという黒い光が、私の未来を貫ぬいて、一瞬間に私の前に横《よこた》わる全生涯を物凄《ものすご》く照らしました。そうして私はがたがた顫え出したのです。

それでも私はついに私を忘れる事が出来ませんでした。私はすぐ机の上に置いてある手紙に眼を着けました。それは予期通り私の名宛になっていました。私は夢中で封を切りました。然し中には私の予期したような事は何にも書いてありませんでした。私は私に取ってどんなに辛い文句がその中に書き列《つら》ねてあるだろうと予期したのです。そうして、もしそれが奥さんや御嬢さんの眼に触れたら、どんなに軽蔑されるかも知れないという恐怖があったのです。私は一寸眼を通しただけで、まず助かったと思いました。(固より世間体の上だけで助かったのですが、その世間体がこの場合、私にとっては非常な重大事件に見えたのです。)

手紙の内容は簡単でした。そうして寧《むし》ろ抽象的でした。自分は薄志弱行で到底行先の望みがないから、自殺するというだけなのです。それから今まで私に世話になった礼が、極《ごく》あっさりした文句でその後《あと》に付け加えてありました。世話序《ついで》に死後の片付方も頼みたいという言葉もありました。奥さんに迷惑を掛けて済まんから宜《よろ》しく詫《わび》をしてくれという句もありました。国元へは私から知らせて貰いたいという依頼もありました。必要な事はみんな一口《ひとくち》ずつ書いてある中に御嬢さんの名前だけは何処にも見えません。私は仕舞まで読んで、すぐKがわざと回避したのだという事に気が付きました。然し私の尤《もっと》も痛切に感じたのは、最後に墨の余りで書き添えたらしく見える、もっと早く死ぬべきだのに何故今まで生きていたのだろうという意味の文句でした。

私は顫える手で、手紙を巻き収めて、再び封の中へ入れました。私はわざとそれを皆《みん》なの眼に着くように、元の通り机の上に置きました。そうして振り返って、襖《ふすま》に迸《ほと》ばしっている血潮を始めて見たのです。

［その後のあらすじ］

「私」は「K」を豊島区雑司ヶ谷の墓地へ葬り、その後毎月墓前に参じて懺悔《ざんげ》を新たにした。大学を卒業した「私」は、希望通り御嬢さんと結婚するが、常に不安に苛まれていた。自分に愛想を尽かした「私」は、死んだつもりで生きていこうと決心する。波瀾も曲折もない単調な生活を続けながら内面で常に苦しい戦争を続けていた「私」には、死の道だけがおのずと開かれていた。夏の暑い盛り、明治天皇の崩御、そしてその一ヶ月後の(1)乃木《のぎ》大将殉死が報じられる。乃木大将が死ぬ前に書き残したものを新聞で読んだ「私」は、乃木大将が三十五年間死のう死のうと思って生きてきたことを知った。「私」は、ついに自殺を決意した。

【注釈】 (1)乃木大将―乃木希典。一八四九年（嘉永二）―一九一二年（大正元）。陸軍大将。明治天皇の大葬当日、妻静子とともに殉死した。

夏目漱石（なつめ そうせき）
一八六七年（慶応三）—一九一六年（大正五）、現在の東京都新宿区に生まれる。帝国大学英文科（現在の東京大学文学部）を卒業後、中・高等学校で教鞭を取ってから、英国に留学。帰国後、「吾輩は猫である」を発表し、絶賛される。翌年には「坊っちゃん」「草枕」を発表。その後、教職を辞し新聞社に入社。「三四郎」「それから」「門」の代表三部作ほか、文学史に残る名作を多数残す。

「こころ」は、高校生の間で、最も数多く読まれている作品のひとつではないだろうか。「先生」は、帝大（現在の東大）卒。深い学殖を持ち、どのような顕職にもつける人物でありながら、一切職業にたずさわらない。また、それを可能にするだけの資産も持っている。「わたくし」は同じ帝大の後輩。彼は、この偉大な先輩の謎めいた生き方に深い尊敬と関心を抱く。

物語は、「先生」の若き日における友情と葛藤、友人の自殺、そしてトラウマとの闘いへと展開していくのだが、卓越した心情描写により、息が詰まるような緊張感を与え、深い思索へと誘う。明治天皇の崩御、乃木大将夫妻の殉死を契機とする「先生」の自殺で作品は結ばれるのだが、遺される、子供のいない妻への哀惜の思い、数十年苦悩し続けた先生の弱さと誠実さ、それらがひとつになって強く若者を惹きつけるのであろう。

なつかしの こくご問題

19 Kを表す「罪のない羊」という表現と矛盾しないものを一つ選んでください（3点）

ア．Kは私の策略に気がつかないほどうかつだが、良い人間だ。
イ．Kはどこまでも理想とするものに忠実であろうとする人間だ。
ウ．Kは他人の意見に左右されがちな心の弱い人間である。

小学校

生きる

谷川俊太郎

生きているということ
いま生きているということ
それはのどがかわくということ
木もれ陽がまぶしいということ
ふっと或るメロディを思い出すということ
くしゃみをすること
あなたと手をつなぐこと

生きているということ
いま生きているということ
それはミニスカート
それはプラネタリウム
それはヨハン・シュトラウス
それはピカソ
それはアルプス
すべての美しいものに出会うということ
そして
かくされた悪を注意深くこばむこと

生きているということ
いま生きているということ

泣けるということ
笑えるということ
怒れるということ
自由ということ

生きているということ
いま生きているということ
いま遠くで犬が吠えるということ
いま地球が廻っているということ
いまどこかで産声があがるということ
いまどこかで兵士が傷つくということ
いまぶらんこがゆれているということ

いまいまが過ぎてゆくこと

生きているということ
いま生きているということ
鳥ははばたくということ
海はとどろくということ
かたつむりははうということ
人は愛するということ
あなたの手のぬくみ
いのちということ

谷川俊太郎は、「生きているということ」を無条件に肯定する。それは、詩人の、人間に対する底深い愛に根ざすものなのであろう。「のどがかわく」「木もれ陽がまぶしい」「メロディを思い出す」「くしゃみをする」「手をつなぐ」、何もかもが彼にとってはすばらしい。ミニスカートもプラネタリウムも、ヨハン・シュトラウスからアルプスに至るまで、地上にあるすべての存在が、彼にとっては、生の肯定へとつながる。

だが同時に、詩の中で彼は言う。「そしてかくされた悪を注意深くこばむこと」。

谷川俊太郎の、生に対する無際限の肯定の背後に、この世の悪に対する峻拒が存在するところに、彼の思想の深みがある。彼は「可憐純情」に生を肯定するのではない。酸いも甘いも知り尽くした上で生を受け入れるのである。その楽天性の背後に、底深い知性を垣間見る事ができる。ここに、谷川作品の凄みがあるのではないだろうか。

なつかしの
こくご問題

20 この詩で効果的に使われている表現技法があります。それは何でしょうか？（3点）

ア．倒置法　イ．擬人法　ウ．体言止め
エ．反復法　オ．直喩法

付録

国定教科書の名作

▼戦争世代の教科書「国定教科書」とは

本書で紹介した国語教科書の名作は、昭和二四年以降の検定教科書から選定させて頂いた。よって、戦争を知っている世代、つまり昭和一八年以前に生まれた読者の方には多少不満に残るラインナップだったかもしれない。というのも、明治三七年から昭和二四年までの教科書は、当時の文部省や国が認めた機関により著作、発行されていた国定教科書であったため、現在の教科書の内容とは一線を画すものであった。

国定教科書は、明治三六年四月に小学校令を改正し、第二十四条「小学校ノ教科用図書ハ文部省ニ於イテ著作権ヲ有スルモノタルヘシ」のもとにスタートする。その目的は、子供たちに「国の尊厳を教える」、「忠君愛国の思想を育てていく」というもので、日本の義務教育が徹底されるきっかけになるものであった。

国定教科書は、第一期から第六期まで改定され、敗戦後、ＧＨＱ（連合国軍最高司令官総司令部）の提案により、話す・聞く・読む・書くを主体とした教科書へと変貌を遂げた後、現在の検定制度、つまり文部科学省の検定を経た教科書を使用する制度へと改められた。

国定教科書の歴史を簡単に振り返ってみるとこのようになる。

第一期「イエスシ読本」　一九〇四年（明治三七）―一九〇九年（明治四二）
第二期「ハタタコ読本」　一九一〇年（明治四三）―一九一七年（大正　六）
第三期「ハナハト読本」　一九一八年（大正　七）―一九三二年（昭和　七）
第四期「サクラ読本」　一九三三年（昭和　八）―一九四〇年（昭和一五）
第五期「アサヒ読本」　一九四一年（昭和一六）―一九四五年（昭和二〇）
第六期「いいこ読本」　一九四六年（昭和二一）―一九四九年（昭和二四）

「イエスシ」「ハタタコ」などの通称は、冒頭が、「イ・エ・ス・シ」「ハ・タ・タ・コ」などの言葉で始まっていることによる。

当然ながら、激動の時代とともに変貌を遂げてきたこれらの国定教科書にも、今回本書で取り上げた作品同様、大人になってからも忘れられない名作が沢山掲載されていた。

今回は国定教科書の中で最も特徴的といえる「サクラ読本」と「アサヒ読本」の簡単な概要を踏まえ、作品のいくつかを紹介したいと思う。

▼「サクラ読本」の名作

まず、昭和八年に改定された第四期国定教科書「サクラ読本」だが、それまで白黒だった第三期までの読本から、初めて表紙と挿絵に色刷りがなされ、さらに今まで必ず仮名文字や単語で始まっていた冒頭が文章に変わるという、まさに節目的な変化を成し遂げた読本である。

内容的にも、以前に比べ、「サルトカニ」「ハナサカヂイ」「かぐや姫」などの昔話、「木下藤吉郎」のような歴史もの、そして生活を題材にした「牛かへ」「雪の夜」「小さい温床」などの文学教材が豊富に採用されている。また、現在の教科書ではあまり見ることのできなくなった日本の神話が多く掲載されているのも特徴だ。

ここでは平成一五年に公開された映画『陰陽師Ⅱ』でも、題材として取り上げられていた、「天の岩屋」の一節をご紹介しよう。

天《あめ》の岩屋（第四期国定教科書　小学国語読本　巻五より）

天照大神が、天の岩屋におはいりになつて、岩戸をおしめになりました。明かるかつた世界が、急にまつ暗になりました。すると、今までかくれてゐた、いろ〳〵のわるものが出て来て、らんばうをしたり、いたづらをしたりしました。

大ぜいの神様が、お集りになつて、

「どうしたら、よからうか。」

と、ごさうだんなさいました。

思ひかねの神といふ、大そうちゑのある神様のお考で、神様方のなさることがきまりました。

（中略）

一　天の岩屋

にうつりました。大神は、いよ〳〵ふしぎにお思ひになつて、少し戸の外へ出ようとなさいました。

岩戸のそばで待つていらつしやつた天手力男のみことは、この時とばかり、さつと岩

五

この時、天のうずめのみことは、岩屋の前へ進んで、舞をなさいました。かづらをたすきにかけ、さゝの葉を手に持つて、ふせたをけをだいにして、その底をとん〳〵ふみ鳴らしながら、こつけいな手ぶりや身ぶりをして、おもしろくお舞ひになりました。大ぜいの神様はどつとお笑ひになりました。あまりにおもしろさうなので、天照大神は、少しばかり岩戸をあけて、おのぞきになりました。

（中略）

世界中が、もとのやうに明かるくなりました。大ぜいの神様は、手をうつてお喜びになりました。

神話に関しては数々の論議がなされてきたが、単純に物語としてみれば、とても想像性豊かでおもしろいエピソードが満載だ。

▼「アサヒ読本」の名作

第五期国定教科書「アサヒ読本」は、太平洋戦争下で使用されていただけあって、戦争教材がその中心になっている。敗戦後には、当時の文部省や教育関係者によって戦争色の強い教材が自主的に「墨塗り」された。これがかの有名な「墨

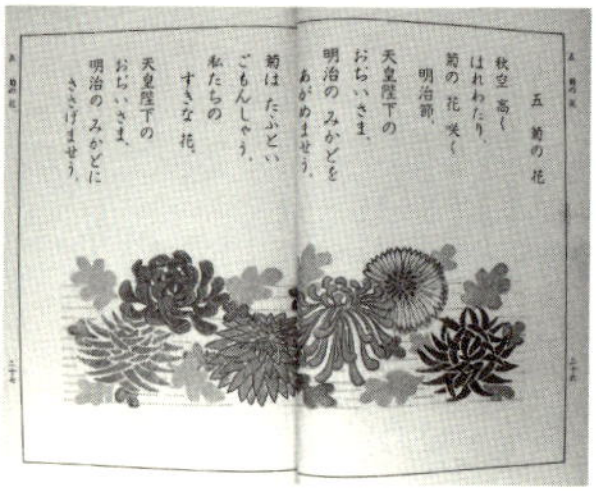

五　菊の花

秋空　高く
はれわたり、
菊の　花　咲く
明治節、
天皇陛下の
おちいさま、
明治の　みかどを
あがめませう。
菊は　たふとい
ごもんしやう、
私たちの
すきな　花、
天皇陛下の
おぢいさま、
明治の　みかどに
ささげませう。

⬇

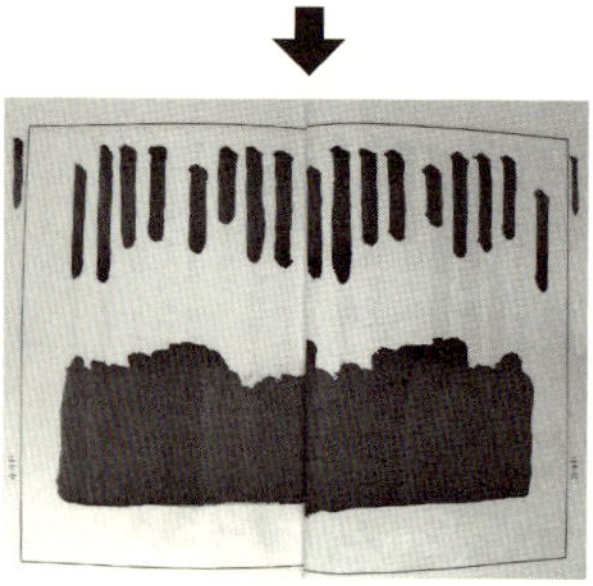

塗り教科書」である。しかし一方では、「山の朝」「北千島の漁場」など、自然との触れ合いや生活風景を綴った情緒溢れる美しい作品が際立つ。そんな作品の中で、北アルプスの名峰・燕岳登山の様子を描いた「燕岳に登る」の一節を取り上げる。

燕岳《つばくろだけ》に登る（第五期国定教科書　初等科国語　七より）

――左端の穂高に続いて、槍岳が、それこそ天を突く槍の穂先のやうに突き立つてゐる。更に右へ右へとのびる飛驒山脈が、蓮華・鷲羽・水晶・五郎と、大波のやうに、屛風のやうに、紫紺のはだあざやかにそそり立ち、うねり続く雄大荘厳な姿。ところどころに白雲がただよつて、中腹をおほひ、峯をかくし、谷々の雪渓と相映じて、山々を奥深く見せる。ぼくらが今立つてゐるところと向かふ山脈との間は、千丈の谷となつて、その底に高瀬川の鳴つてゐるのが、かすかに聞えて来る。この大自然がくりひろげる景観に打たれて、ぼくらは、ほとんど一種の興奮を感じるほどであつた。――

抜粋部分以外にも、高山植物の美しさや、山登りの爽快感などの描写もあり、まるで山の情景が目に浮かんでくるような見事な作品である。現代の子供たちもこの作品を読んでいれば、大変さばかりを想像しがちな登山遠足も期待で一杯になるはずだ。この「アサヒ読本」を読んで育った世代には、既に孫を持つ方もいるだろう。あなたの思い出に残るこれらの作品を、ぜひ今の世代にも伝え聞かせてあげてほしい。

なつかしのこくご問題

解答

P.19

スーホの白い馬

1 ア（3点）

解説：イは中国の伝統楽器「二胡」の説明。

P.29

トロッコ

2 ア．すぐ後に山が迫っている様子（3点）

P.36

春の歌

3 イ．擬態語（3点）

解説：擬態語は物事の状態や様子などを感覚的に音声化して表現する語のこと。34ページ4行目の「かぜはそよそよ」の「そよそよ」もそれにあたる。アの擬人法は、人間ではないものを人間のように表現する方法。例えば「水が喜ぶ」など。ウの擬声語は、事物の音、人や動物の声などを表す語で、「がやがや」「わんわん」などはこれにあたる。擬音語ともいう。

P.49

注文の多い料理店

4 イ．現実と幻想の切り替わりを表現（3点）

解説：オカルト、ミステリー小説などでもよく場面切り替えの効果として風が使われている。例えば、「おどろおどろしい風が～」「生ぬるい風が吹いてきて～」など。

P.69

高瀬舟

5 このまま苦しい思いをさせるくらいなら、いっそ殺して（苦痛）を取り除いてあげたほうが、（弟）の為になるかもしれない。（2つ正解で3点）

P.75

永訣の朝

6 固体の雪と液体の水が合わさっている状態（10点）

P.82

レモン哀歌

7 写真の前に（4点）

初恋

P.96

8 **ア．文語定型詩**　（3点）

解説：文語定型詩は短歌・俳句の流れをくんだ七五調、文語体による詩のこと。それに対して口語自由詩は、日常会話に用いる自然な文体で、形式にとらわれない形を指す。この作品以外で本書に掲載した谷川俊太郎、高村光太郎、宮沢賢治の詩作品はすべて口語自由詩である。

屋根の上のサワン

P.107

9 **［流派］イ．新興芸術派**
［作品］ク．山椒魚　（各5点）

解説：【新興芸術派】とは、一九三〇年（昭和五）四月、プロレタリア文学に反発し、芸術の自律性確保を主張して結成された作家グループ。中村武羅夫・竜胆寺雄らの『十三人倶楽部』を中心に、舟橋聖一らの『蝙蝠座（こうもりざ）』、小林秀雄・堀辰雄らの『文学』が加わってできた『新興芸術派倶楽部』の人々を指す。井伏鱒二もその中心人物の一人で、同人誌『文芸都市』に「山椒魚」を発表した。

【新感覚派】千葉亀雄が命名。大正末期から昭和初期にかけての一文学流派。雑誌『文芸時代』に拠《よ》った作家グループをいう。比喩を多用した硬質の文体を特色とし、構造の象徴的美を追求した。横光利一・川端康成・中河与一・片岡鉄兵など。

【新現実主義】一九一四年（大正三）以降刊行された第三・四次『新思潮』のメンバー、芥川龍之介、菊池寛、久米正雄、山本有三などの文学傾向。「真」に理念をおく自然主義や「美」を求める耽美主義など、当時の文学の流れとは一線を画し、あくまでも理知的に現実を認識しようとする。

【新心理主義】意識・無意識の実体を描き、人間存在の根源を探る手法をする文学傾向。「ユリシーズ」のジョイス、「ダロウェイ夫人」のウルフ、「失われた時を求めて」のプルーストらがその例。日本では昭和初頭に伊藤整が提唱、横光利一「機械」、堀辰雄「風立ちぬ」などが知られる。

10 **ウ**　（3点）

11 **(1) くったくした→（疲れてあきあきすること）**
(2) うっちゃる→（ほったらかす）　（各5点）

P.115

蠅

12 **エ.物語に映像的効果を与えるための存在**（3点）

解説：作者・横光利一が「新感覚派」の作家と呼ばれた所以は、常に新しい文体、発想を追求していたからに他ならない。作者はさまざまな作品でカメラアイで捉えたような手法を用いており、「蝿」でも、「眼の大きな一匹の蝿」の見ている風景が、まるで映像を見ているかのような効果を生んでいる。またこの「蝿」はフィルムの監督、つまり作者自身ともとれる。

P.121

野ばら

13 **ウ.滝　蓮太郎**（3点）

解説：ゲーテの詩「野ばら」に曲をつけた作曲家は実に百以上いるといわれているが、中でも馴染み深いのが、シューベルトとウェルナー作曲のもの。日本でも「わらべはみたり～」の歌い出しで親しまれている作品。

14 **ア.芥川龍之介　オ.谷崎潤一郎**（各3点）

解説：児童文学家・鈴木三重吉が創刊した童話雑誌『赤い鳥』は、日本の児童文学を立て直すべく創刊された。創刊号に掲載されたのが芥川龍之介の「蜘蛛の糸」。谷崎潤一郎も第二号より「敵討」などの作品を発表している。

P.131

山月記

15 **ウ.焦燥　→ア.絶望　→イ.狂悖**（各2点）

P.134

汚れっちまった悲しみに

16 **ウ.狐の革裘**（3点）

解説：132ページ5行目から6行目にかけての文章が意味しているのは、悲しみは狐の革裘くらい貴重だということ。狐の革裘は、狐の脇の下の白毛皮で作る皮衣で、希少価値があり珍重されている。

P.147

ごん狐

17 **イ**（3点）

解説：イは文字通り「引っ張りあった」という意味なので不適切。アの「割に合わない」と、ウの「やるせない」、どちらの気持ちも、ごんの「引き合わない」という気持ちを表す言葉といえる。

18

A 目にもの見せる——エ 思い知らせる
B 目を落とす——オ 足下を見る
C 目を配る——ア 注意して見る
D 目が肥える——ウ 善し悪しを見分ける力がつくこと
E 目がない——イ 非常に好きである

（各3点）

P.173 こころ

19 **イ**

（3点）

解説：158ページ14列目の「罪のない羊」は、Kの人柄を抽象的ながら、適切に表現している。本文中に出てくる「理想と現実の間に彷徨してふらふらしているのを発見した私は～」「彼はいつも話す通り頗る強情な男でしたけれども、一方では又人一倍の正直者でしたから、自分の矛盾などをひどく非難される場合には、決して平気でいられない質だったのです。」などのKの描写からも、Kが非常に自分に厳しく正直な人間であるということが窺える。

P.178 生きる

20 **ウ．体言止め**

（3点）

解説：谷川俊太郎の詩作品、また、翻訳作品の「スイミー」でも同じように体言止めが効果的に使われている。

総合（100点満点）
点

あとがき

私は先に、『あらすじで読む日本の名著』全三巻を出版し、多数の皆様のご支持を仰ぐ事ができた。天才の原作をあらすじにまとめることには、身の震えるような恐怖を覚えたが、世の読書離れへの私なりの抵抗として、ご寛恕下さることを、伏して原作者に願いつつ作業を進めた。同じ動機からではあるが、本書は原文そのものの掲載である。必ずしも全文とは限らないにせよ、原作そのものに手を触れるという事はしなかった。不謹慎ではあるが、その意味で少し気が楽だったというのが本当のところである。

編集の作業を進める中で痛感させられたが、国語教科書には見事な作品が多い。

私は現在、私立高等学校に勤務しているが、生徒たちは新しい国語の教科書を手に入れると早速自分の気に入った作家の文章を見つけて読みふける。何の科目であれ、生徒たちにとって新しい教科書には夢がぎっしり詰まっているのだが、国語の教科書は特に強く彼らを惹きつけるようである。そして、それが生徒たちを文学に誘う入口となっていることは言うまでもない。

ただ、子供の頃に感銘を受けた物語や詩を、大人になって読み直す機会はなかなかない。昔、それらの作品に強く惹きつけられたことすら、忘れている人のほうが多いかもしれない。

本書を通じて、教科書の名作、それも小説から童話、詩に至るまで、極めて多彩な文章に触れて頂くことができればと思う。

昔味わった国語教科書からの感銘を、もう一度思い出してほしい、さらには今だからこそわかる良さを感じてほしい。また、「はじめに」でも触れたように、本書を音読の資料として御活用頂ければ、なお有り難い。そして欲をいうならば、本書に収録した作家の、他の作品にも手を伸ばしてくだされば、望外の喜びである。

本書の作成に当たっては、著作権継承者の皆様、各出版社様の、特段のご支援、ご協力を仰ぐ事ができた。また、編纂、執筆の過程で、宝島社の柳原女史、山田女史には、ひとかたならぬご指導、ご協力を頂いた。併せてここに、深く感謝申し上げる次第である。

平成十五年十二月

狭山ヶ丘高等学校

校長　小川義男

【出典一覧】

転載を許可下さいました各出版社様、著作権継承者様に厚くお礼申し上げます。

※掲載にあたって作品の理解を深めるため、一部の作品において、漢字・仮名・送り仮名などを改めさせて頂きました。

「朝のリレー」谷川俊太郎 ………『谷川俊太郎詩集 続』(思潮社・二〇〇二年初版)
「スーホの白い馬」大塚勇三(再話) 赤羽末吉(画)(福音館書店・一九六七年初版)
「トロッコ」芥川龍之介 ………『トロッコ・一塊の土』(角川書店・一九六九年初版)
「スイミー」レオ=レオニ(作)谷川俊太郎(訳)(好学社・一九六九年初版)
「春の歌」草野心平 草野心平記念会提供
「注文の多い料理店」宮沢賢治(新潮社・一九九〇年初版)
「かわいそうなぞう」土家由岐雄(文) 武部本一郎(絵)(金の星社・一九七〇年初版)
「高瀬舟」森 鷗外 ………『山椒大夫・高瀬舟』(新潮社・一九六八年初版)
「永訣の朝」宮沢賢治 ………『新編 宮沢賢治詩集』(新潮社・一九九一年初版)
「おみやげ」星 新一 ………『きまぐれロボット』(角川書店・一九七二年初版)
「レモン哀歌」高村光太郎 ………『現代詩文庫 1018 高村光太郎』(思潮社・一九八〇年初版)
「最後の授業」アルフォンス=ドーデ(作) 松田 穰(訳) ……… 学校図書・国語6年上(一九七一年初版)
「初恋」島崎藤村 ………『藤村詩集』(新潮社・一九六八年初版)
「屋根の上のサワン」井伏鱒二 ………『山椒魚』(新潮社・一九四八年初版)
「蠅」横光利一 ………『日輪・春は馬車に乗って 他八篇』(岩波書店・一九八一年初版)
「野ばら」小川未明 ………『小川未明童話集』(新潮社・一九五一年初版)

「汚れつちまつた悲しみに……」中原中也　………『中原中也詩集』（新潮社・二〇〇〇年初版）
「山月記」中島　敦　………『李陵・山月記』（新潮社・一九六九年初版）
「ごん狐」新美南吉　………『新美南吉童話集』（岩波書店・一九九六年初版）
「こころ」夏目漱石　………『こころ』（新潮社・一九五二年初版）
「生きる」谷川俊太郎　………『谷川俊太郎詩集　続』（思潮社・二〇〇二年初版）

【参考文献】

「国定教科書」粉川宏（新潮社・一九八六年初版）

【写真提供】

読売新聞社
谷川俊太郎事務所

【監修紹介】

小川義男（おがわ よしお）

1932年北海道生まれ。北海道教育大学札幌分校卒業。小学校、中学校の教員、教頭、校長として勤務する傍ら、亜細亜大学大学院修士課程、および早稲田大学大学院修士課程を修了。現在は、私立狭山ヶ丘高等学校校長。最近の著書『あらすじで読む日本の名著』全3巻（中経出版）は、大ベストセラーとなり話題を呼ぶ。

装丁……高橋　良
装丁写真……Photo Guild/amana images
表紙イラスト……宇田川由美子
本文デザイン・イラスト……宇田川由美子
編集・問題作成協力……山田美穂

二時間目　国語

2004年2月6日　第1刷発行
2004年4月5日　第2刷発行
監　　修　小川義男
発 行 人　蓮見清一
発 行 所　株式会社宝島社
〒102-8388東京都千代田区一番町25番地
営業　03-3234-4621
編集　03-3239-0237
郵便振替　00170-1-170829（株）宝島社
印刷製本　株式会社廣済堂

乱丁・落丁は小社送料負担にてお取り替えいたします。

●お願い
本書の内容に関するお問い合わせは、電話ではお受けしておりません。恐れ入りますが、本書編集部までFAX（03-3239-3688）、封書（返信用切手同封のこと）にてお願いいたします。なお、本書内容の範囲を超えるご質問に関しましては、お答えできない場合もございますので、予めご了承ください。

ISBN 4-7966-3858-X